第[illegible]章

【第一章　プロローグ】

「準備が整いました！」

無機質な純白の部屋で若い男が言った。流暢《りゅうちょう》な日本語で話しているが日本人ではない。北欧系の雰囲気が漂う異国の者だ。

「本当に大丈夫だろうな？　失敗は許されないぞ」

緊張の面持ちで答える上官の男。こちらも部下と同じく日本人ではない。

「大丈夫です！　悲劇は二度も起きません！　ご安心を！」

「そうか、なら始めてくれ」

「分かりました！」

駆け足で部屋を飛び出す部下の男。

上官は目の端で見送ると、目の前のモニターを眺める。

教室でくつろぐ数十人の高校生が映っていた。昼休み中だろうか、楽しそうに弁当を食べている。中には机に突っ伏して寝ている者もいた。

数分後、モニターが揺れ始めた。否、モニターだけではなく、部屋中が揺れていた。凄《すさ》

contents

第一章

第二章

成り上がり英雄の無人島奇譚
～スキルアップと万能アプリで美少女たちと快適サバイバル～ 1

絢乃

PASH!文庫

まじい轟音《ごうおん》と共に。

「今度こそ、必ず成功させねば……」

揺れは次第に激しくなっていき、限界に到達したところでピタリと止まった。

それと同時に、モニターに映る高校生たちが消えた。まるで最初からいなかったかのように。食べかけの弁当箱や学生鞄《かばん》だけが虚《むな》しく残っている。

7月13日、水曜日、12時27分――。

日本の某高校に所属する生徒と教師が一斉に失踪した。

★★★★

気が付くと、俺――漆田風斗《うるしだかざと》は、どこぞの砂浜に倒れていた。

「何がどうなっているんだ？」

ここが何処《どこ》なのか以前に、砂浜に来た記憶自体がなかった。

記憶の最後は学校の教室だ。昼休憩の最中で、俺は黙々と弁当を食べていた。スクールカーストの最底辺に相応《ふさわ》しい孤高の一人メシだ。

周りの連中は夏休みの予定について話していた。陽キャや陰キャに関係なく誰もが息巻いていた。来年は受験だから高二の夏は弾《はじ》けるぞ、と。既にスケジュールが埋まっている者もいた。

そんな輪に入れず、ぼっちの俺は食事が終わるなりトイレへ。小便を済ませたら教室に戻り、机に突っ伏して眠りに就いた。いつもと同じように。

——で、目が覚めたら今、謎の砂浜だ。

南国の島を彷彿《ほうふつ》とさせる場所だが全く覚えがなかった。

「記憶が欠落しているのか？」

誰かに怪しげなクスリを盛られてしまい……などというドラマにありがちな展開を妄想したが、そんなことはなかった。その証拠とばかりに俺は制服を着ており、靴も校内用の上履きで、唇を舐めると昼に食べたミートボールのソースの味がした。

間違いない。俺はつい先程まで学校にいたのだ。そして何故《なぜ》か今は砂浜にいる。それ以外に説明がつかなかった。

「意味が分かんねぇよ！　おい！」

視界を埋め尽くす広大な海に向かって吠《ほ》える。絵に描いたような美しい海で、人や船は見当たらない。波のさざめきだけが虚しく響いていた。

振り返ると深い森。好き好んで近づきたいとは思わない雰囲気が漂っている。遠目には薄《うっす》らと大きな山が見えた。富士山ではない。

前も後ろも大自然。道路や建物といった人工物は全くない。人の姿も見えないし、大人しく待っていても助けが来るとは思えなかった。

「とりあえず動くか」

突っ立っていても始まらない。あれこれ考えるのは後回しにしよう。まだ童貞、もっと言えば彼女すらできたことがないのだ。こんなところで野垂れ死ぬわけにはいかない。

勇気を振り絞って森の中へ足を踏み入れた。知らない森が危険なことは分かっているが仕方ない。他に選択肢がなかった。

少なくとも森には希望がある。もしかしたら誰かいるかもしれない。人里だって見つかるかもしれない。そんな可能性に賭けた。

「それにしても、なんだ？　この森は……」

木々に生《な》っている実が毒々しい。食べられるかどうか以前に、素手で触って大丈夫なのか不安になる。

一方、森自体は想像以上に快適だ。蚊やハエは飛んでおらず、気温も日本より涼やか。視界の情報に反して湿度も低く、カラッとしていて不快感を抱かない。

「何よりも蚊がいないのは大きいな」

蚊を媒介とする感染症は危険だ。こういった謎の森では最大のリスクになり得る。今は半袖の夏服を着用しているから、蚊がいればあっという間にやられていただろう。

「富士の樹海を思い出すな」

何年か前、親に連れられて樹海を散策した。もちろんそれ用に整備されたコースだ。歩きやすさや木々の密度がその時と似ているように感じた。

「きゃああああああああああああ！」

集中力が低下してきたところに女の悲鳴。

反射的に声のする方へ目を向ける。数十メートル先に同じ学校の女子がいた。

「あれは！」

同じクラスの夏目麻衣《なつめまい》だ。白銀のミディアムヘアだから一瞬で分かった。

麻衣はクラスの人気者だ。休み時間になると、彼女の周りには男女問わずに人が集まる。SNSでも大人気で、フォロワー数は70万人以上。高校生でありながら企業案件を受けているという話も耳にする。まさに俺とは真逆の存在。人生の勝ち組だ。

「なんだよコイツ！　この！　この！」

麻衣は木の棒を振り回して何かと戦っていた。それが何かは分からない。

だが、俺のするべきことは決まっている。

「今行くぞ！　うおおおおお！」

俺は駆け出した。麻衣を助ける為《ため》に。別に英雄願望があるわけではない。どちらかといえば自分の都合だ。今は孤独でいるのがこの上なく嫌だった。

距離がぐんぐん近づいていく。麻衣が何と戦っているのか分かった。

角の生えたウサギだ。サイズは一般的なウサギより一回り大きい。それでも所詮はウサギなので小型だし怖くない。

「どりゃあ！」

横から割って入りウサギを蹴飛ばす。これが思っていたよりも華麗に決まり、ウサギはサッカーボールみたいに吹き飛んで木に激突した。

そして――消えた。逃げたのではなく、忽然《こつぜん》と消えたのだ。

「消えたぞ⁉」

「え、消えた⁉」

当然ながら驚く俺たち。

直後に俺はハッとした。ウサギのことは後回しだ。振り返って麻衣を見る。

これはチャンス、またとないチャンスだ。俺は胸の奥に下心を隠しながら言った。

「大丈夫か？　麻衣」

彼女の名を呼ぶのはこれが初めてだ。皆が「麻衣」と呼んでいるので、俺もそう呼ばせてもらった。言ってから「馴《な》れ馴れしすぎた」と思い焦ったが後の祭りだ。平静を装う。

（我ながら驚くほど完璧、あまりにも理想的な流れだ）

この後の展開は決まっている。麻衣は吊《つ》り橋効果も相まって俺に惚《ほ》れるだろう。そして俺は人生初の彼女をゲットする。あわよくば童貞を卒業して――などと妄想したのだが、残念ながらそうはならなかった。

「え、嘘《うそ》ぉ⁉　漆田が喋《しゃべ》ってる！　漆田って喋れるんだ⁉　マジ⁉」

「…………」

「角ウサギが消えたことよりも驚きなんだけど！　あんた喋れんの⁉」

「…………」

麻衣は俺が話せることに驚いていた。角ウサギの件よりも衝撃的らしい。

思えば無理もないことだった。俺は高校だと「うん」か「いや」しか話さない。そんな奴《やつ》が平然と話していたら誰だって驚く。しかも馴れ馴れしく名前で呼んだのだから尚更《なおさら》だ。

俺は別に人見知りというわけではない。中学時代は問題なく話していたし、少ないながら友達もいた。今でも高校に通う時以外は普通に話している。今日だってご近所の野村《のむら》さんに自分から挨拶した。見た目は地味でも陰キャではない。陽キャでもないが。

高校で話さないのはデビューに失敗した後遺症だ。中学時代の同級生がいない私立高校に進学したのでミステリアスな男を演出しようとした。その一環として寡黙に徹した結果、「まともに話せない残念な奴」と思われたわけだ。で、素の自分に戻すタイミングを逃し、そのままずるずると続いて今に至る。

「いや何か話せよ！　さっき話してたじゃん！」

麻衣が手の甲で胸を叩《たた》いてきた。お笑い芸人のツッコミを彷彿とさせるキレの良さだ。

「いや、話せるよ。それより大丈夫？」

「大丈夫！　サンキュー漆田！　あ、漆田であってたよね？　名前」

「あってるよ。漆田風斗だ。風斗って呼んでくれ」

「風斗ね！　オッケー！　私のことは……って、さっき普通に名前で呼んでたね」

「おう」

ぷっ、と吹き出す麻衣。

「それだけ話せるなら何で学校では無言だったのさ」

「それは……」

後頭部を掻《か》きながら事情を話そうとする。

その時、ズボンのポケットから「ピピピ」と音が鳴った。なんだなんだと取り出したところ、自分のスマートフォンが入っていた。

「そういやスマホを持っていたんだったな」

「え、気づいてなかったの⁉ こんな事態に陥ったら真っ先に救助を要請しようとするでしょ！ 普通！」

「たしかに。それは賢い手だ」

麻衣が「変な奴だなぁ」と笑う。

俺は「フフフ」と意味のない意味深な笑みを浮かべてスマホを見た。

「で、何だったの？ 外部とは連絡できないはずだけど」

麻衣が尋ねてきたので、俺はスマホの画面を見ながら答えた――。

【謎のアプリ】

「スマホの通知だよ。〈コクーン〉ってアプリでスキルを習得したらしい」

自分で言っておきながら「何言ってんだ俺?」と思った。そもそもコクーンなるアプリに覚えがない。おそらくソシャゲだろう。暇つぶしに適当なゲームを入れては消してを繰り返しているからその一つだ。

そんな俺に対する麻衣の反応は驚くべきものだった。

「それってこの島に転移したと同時に入った謎のアプリじゃん!」

なんと彼女はコクーンを知っていたのだ。

「謎のアプリ? なんだそりゃ。ていうか、ここって島なの? そんな気はしていたけど」

「マジ? そこから? あー、でも、そっか、今までスマホの存在を忘れていたわけだし無理もないか。じゃあ外部と連絡がつかないのも知らないんだね」

「ああ、知らない」

「だったら教えてあげる」

麻衣はスマホを取り出した。俺と違って慣れた手つきで操作している。

「まず、この島は――」

麻衣曰《いわ》く、ここは地図アプリには載っていない島とのこと。ゴーグルマップで座標を確認すると駿河《するが》湾の辺りに位置していた。南以外の三方向であれば、海を真《ま》っ直《す》ぐ進めば静岡県のどこかしらに辿《たど》り着く。

島についてはコクーンに搭載されている〈地図〉で確認可能だ。この〈地図〉は島にフォーカスしたもので、島と周辺の海以外は見られない。

〈地図〉の情報が確かなら島の広さは結構なものだ。そして、おそらくその大部分が森に覆われている。おそらくと付くのは〈地図〉のクオリティが低いからだ。ゴーグルマップに比べて表示内容が簡素で分かりづらい。

「風斗ってグループチャットに参加しているの？　発言しているの見たことないけど」

「そもそもグループがあることすら知らなかった」

「三つあるよ。学校全体と学年全体、あとクラス専用」

「へぇ」

「全部に追加しておくね。電話やチャットは使えるから」

「え、電話できるの？　だったら――」

「救助要請もできるじゃんって言いたいんでしょ？」

「そうだ」

「それは無理」

「なんで？」

「さっきも言ったけど外部に連絡できないの。どういうわけか島にいる人にしか通じない。気になるなら警察にでも電話してみたら？」

「ああ、そうさせてもらおう」

試してみたところ本当に繫《つな》がらなかった。警察に消防、両親にも連絡できない。

「ね？　無理でしょ。島にいる人にしか通じないって分かったかな」

「その島にいる人ってのは？」

「同じ学校の生徒と教師のこと」

「え、学校の皆がこの島にいるのか」

「全員かは分からないけど、少なくともほぼ全員がいるのは間違いないよ」

「それなのに誰とも出会わないとは……。〈地図〉の通り広いんだな、この島」

「だねー。じゃ、話を続けてもいい？」

「頼む」

麻衣はスマホを弄《いじ》りながら話を再開した。

「外部との通信障害だけど、どうやらそれは送信だけであって受信はできるみたい」

「受信とは？」

「例えばＳＮＳを見たりＹｏＴｕｂｅで動画を視聴したりするのは可能ってこと。ただ、ＳＮＳで呟《つぶや》いたり動画に感想コメントを書くことはできない」

「それって――」

「おかしいよね？」麻衣は俺の言葉を遮《さえぎ》った。「サイトにアクセスできるってことは、サーバーにこっちの情報を送信できていることになる。なのにトゥイートや書き込みはできない。サイト側がコマンドを拒否しているなら別だけど」

俺は「だよなぁ！」と元気よく同意するが、彼女の言っていることがさっぱり分からなかった。俺が遮られる前に言おうとしていたのは、「不思議だよなぁ」というふわふわした感想だったのだ。

「それはさておき、コクーンを開いてもらえる？」

「分かった」

コクーンのアイコンは白い繭《まゆ》のようなもので、開くとタイル状のボタンがたくさん表示された。ボタンにはそれぞれ〈ショップ〉やら〈販売〉やら書いてある。中には〈ステータス〉や〈クエスト〉といった、ゲームを連想させるものもあった。

「さっきスキルを習得したって言ってたよね？　試しに〈スキル〉を押してみて」

麻衣に言われるがまま〈スキル〉を開く。スキル欄に【狩人】と書いてあった。

「習得したスキルのみ表示される仕様なんだねー！」

麻衣が「ほら」と自分のスマホを見せてくる。〈スキル〉が開かれているものの、スキル欄は空白だった。

「この【狩人】ってなんだ？」

「押してみたら？」

「そうだな」

俺はスキル名をタップした。

・魔物を倒した際の獲得ポイント：＋10％
【狩人】Ｌｖ．1

ゲームみたいだな、というのが率直な感想だった。

「魔物ってなんだ？」

「さっき風斗が倒した角ウサギのことだと思うよ。〈履歴〉で確認したら？」

「なるほど、〈履歴〉か。麻衣は俺よりも適応しているな」

「かもね」

ということで〈履歴〉を開く。

・スキル【狩人】を習得した
・ホーンラビットを倒した：10，000ｐｔを獲得

ホーンラビットというのは角ウサギの正式名称だろう。俺はあのウサギを倒した後、【狩

人】を習得した。つまり、〈履歴〉は新しい順に表示されている。

「つくづくゲームぽいな。ついでだから〈ステータス〉も確認しておくか」

麻衣に言ったつもりだったが、彼女は答えなかった。俺のスマホを見ているが焦点は定まっていない。考え事をしているようで何やら独り言を呟いている。

「謎の転移……ホーンラビット……これって……」

「おーい、麻衣？」

「え、あ、なに？」

「大丈夫か？〈ステータス〉を確認しようと思うんだけど」

「あ、うん、いいんじゃない？」

なんだか心ここにあらずの反応だ。急にどうしたのか気になるが、まぁいいだろう。

俺は〈ステータス〉を開いた。

【名　前】漆田 風斗
【スキル】
・狩人：1

なんという簡素さ。ゲームみたいという思いが一瞬で消えた。ゲームでこんなステータスが表示されたら即クソゲー認定するだろう。

「せめて攻撃力や防御力くらいは書いていてほしかったよなー」

麻衣に話しかけるが返答はない。未《いま》だに考え事の最中だった。血眼になって自らのスマホをポチポチしている。

「考え事をするなら海に行こうぜ。ここは魔物が出るから危険だ」

「うん、ごめんね」

スマホに目を向けたまま返事をする麻衣。

「俺が先に歩くからちゃんとついてくるんだぞ」

「ほい」

歩きスマホの麻衣と共に海へ向かう。彼女がスマホに夢中なので会話はない。

(なんだか気まずいな……)

何かしらの話をしたいものだ。話しかけていいタイミングかは分からないが。

「さっき〈履歴〉にポイントを獲得したって書いていたけど、あのポイントって何に使えるんだろうな?」

適当に話を振ってみる。だが、言った直後に話題のチョイスを誤ったと思った。適応力の高い麻衣でも流石《さすが》に分からないだろう。

――と思ったが、彼女はあっさり答えた。

「ポイントは〈ショップ〉で使えると思うよ」

「〈ショップ〉か。あったたな、そんなボタン」

俺も歩きスマホを開始。コクーンを起動して〈ショップ〉を開く。ネット通販サイトのａｍｏｚｏｎに酷似した画面が表示された。こんな非常事態でなければ、「やべっ、偽サイトを開いちまった！」と慌てているだろう。それほどに似ているが、逆に言えば見慣れた画面なので直感的に操作できる。俺はあっさり適応した。

「本当だ、ポイントで何やら買えるみたいだぞ」

ａｍｏｚｏｎもどきの品揃《しなぞろ》えは本家に匹敵するレベルだ。これはあるかな、と思った物はなんだって売っていた。それこそ武器や戦車、果てには生き物まで。

それらを買うのに必要な通貨がポイントだ。ポイントがあれば食料品から戦闘機まで買えてしまう。ただし戦車などの売値は天文学的な額なので買える気がしなかった。

（戦闘機を買うなら角ウサギを何年も狩る必要があるな）

そんなことを考えていると、サーと血の気が引いた。今の状況がとても楽観できるものではないと気づいたからだ。

救助の要請ができず、住居や食糧もない。木に生っている果物は分かりやすく毒属性で、火を熾《おこ》す術《すべ》もない。火を熾せないのだから、仮に野生動物を狩っても食えない。にもかかわらず、野生動物の角ウサギは倒すと消えてしまった。

森の中がいかに快適であろうと関係ない。生活面での状況は過酷極まりないのだ。冷静になると絶望してしまう。

そんな環境にいることを今の今まで失念していた。麻衣と出会ったことで浮かれていたせいだろう。情けない男だ、漆田風斗。

(ダメだダメだ、しっかりしろ俺！)

俺は顔を左右に振り、頬を両手で叩く。スッキリした。

「角ウサギを狩って得たポイントで水でも買おうかな？　誰がどうやってここまで運ぶかは分からないけど」

スマホの画面下部には所持金が表示されている。俺の所持金はぴったり1万pt。

一方、販売されている飲料水は500mlのペットボトルで100pt。送料と手数料の合計が9，900pt以下なら買えるはずだ。

「いいじゃん！　買おう買おう！」

麻衣の反応が思っていたよりも明るい。いつの間にかスマホの操作を終えていた。

「よーし、買ってやるか！」

自分の気持ちが沈まないよう元気に言い、水を買う為の操作を進める。

「購入しますかだって？　答えは決まってらぁ！」

迷うことなく「はい」を選択。画面が切り替わる。

『購入した商品を設置してください』

カメラモードになった。

「商品を設置しろって出たぞ。どういうことだ？」

「買った水を召喚できるんだと思う。スマホのカメラを設置したい場所に向けて、撮影ボタンを押せば出てくると思うよ。撮影じゃなくて設置って書いてあると思うけど」

麻衣の言う通りだった。撮影ボタンに「設置」と書いてある。

「それにしても麻衣、何か妙に詳しくないか？」

「ま、まぁね。とにかくやってみて！」

麻衣が「ここに召喚！」と右手を出す。

俺は彼女の掌《てのひら》にカメラを向け、設置ボタンに親指を運ぶ。

「押すぞ！」

「どんとこい！」

ボタンを押せば買った物が召喚される――冷静に考えると、麻衣はとんでもないことを言っている。そんなことが実際に起きたら、それはもう科学の範疇《はんちゅう》を超えているだろう。現実世界の常識では絶対にあり得ないことだ。魔法と言ってもいい。

なのに、俺は不思議と麻衣の言葉に疑問を抱かなかった。魔法が起きると思っている。この異常な状況がそう思わせているのかもしれない。

とにかく結果を確かめよう。

「おりゃっ！」

大きく息を吐いた後、ひと思いにボタンを押した。

【クエスト】

俺は心の底から驚き、同時にこうも思った。

やっぱりな、と。

買った物が召喚されたのだ。設置を押した瞬間、どこからともなく現れた。

「本当に出たー！　しかもキンキンに冷えているよこれ！」

大興奮の麻衣。右手にはペットボトルの飲料水が握られていた。俺の買った物だ。

「ぷはー！　この水うまっ！　風斗も飲んでみなよ！」

麻衣が蓋の開いたペットボトルを向けてくる。

「貰ったら間接キスになるんじゃ？」

「おいおい、私の後に飲むのが嫌ってこと!?」

「逆だよ。そっちが嫌じゃないのかなって」

「そんなん気にしないよ！　ていうかこの水、風斗の物だし！　先に飲んじゃったけど」

「そういうことなら……」

ペットボトルを受け取って中の水をひと飲み。自分で「間接キス」などと言ったからか、そのことを意識してしまう。流石は童貞、抜かりない。

で、肝心の水の味だが――。

「たしかに美味《うま》いなこれ」

「でしょー！」

「この飲みやすさは軟水だ、間違いない」

答え合わせをしようとラベルを確認するが、成分表やメーカーの記載はなかった。全体的には市販品に似ているが細部では異なっているようだ。

「ねね、ちょっといい？」

麻衣は後ろで手を組み、覗《のぞ》き込むように見てきた。ずば抜けた可愛《かわい》さだ。目が合うと息が詰まりそうになる。

俺が返事をする前に彼女は言った。

「海には行かないで森の中を探索しない？」

「そうだな、もうスマホを触っていないし」

「私、拠点を探したいんだよね」

「拠点？　なんだそれ？」

「コクーンのメニューにあるでしょ」

たしかに〈拠点〉というボタンがある。試しに押してみたが、画面は切り替わらずにアラートが出た。

『現在、あなたは拠点を所有していません』

麻衣は隣から俺のスマホを覗きつつ、「だからね」と続ける。

「まずは拠点の確保が大事だと思うわけ！　コクーンを使えば食糧の確保はできそうだし、服は制服でどうにかなるとして、雨風を凌《しの》ぐ住居が欲しいじゃん？」

「ごもっとも」

俺は同意しつつ、麻衣の目を見て尋ねた。

「麻衣は今みたいな状況に陥ったことがあるのか？」

「え？　ないない、あるわけないじゃん。どうしてそう思うの？」

「やたら落ち着いているし、妙に慣れている様子だから」

「あーね。それは……」

麻衣は何か言おうとしたが、そこから先が出てこない。

「それは？」

続きを促してみた。

「ま、色々とね。とにかく拠点を探そう！」

「はいよ」

物の見事に話を流されてしまった。

麻衣が何か知っていることは間違いない。だが、問い詰めてもしらを切るだろう。とりあえず今は拠点を見つけるのが先決だ。

「拠点ってどういう感じなんだ？　外見の特徴とか分かる？」

海とは真逆の方向へ進む。

「たぶん洞窟だよ」

たぶんと言っているが、その口調は自信に満ちていた。

「洞窟か」

周囲にそれらしいものは見当たらない。角ウサギ等の魔物ならしばしば見かけるのだが。

（このまま闇雲に彷徨《さまよ》っていると気が狂いそうだ……）

ゴールの見えない道を歩き続けるのは想像以上に辛《つら》い。体力的にではなく精神的にきついものがある。代わり映えしない森の中だと尚更だ。

「現在地を正確に知りたいから〈地図〉を見てもいいか？」

「ほいほい。私はグルチャでも見とくね」

グルチャとはグループチャットの略称だ。

俺は頷《うなず》き、〈地図〉を立ち上げた。近くに川があるようだ。

『マジでどうなってんだよこれ！』

『意味不明だし！』

『どうにかしろよ！　誰か助けてくれよ！』

突然、大勢の喚《わめ》き声が聞こえてきた。

何事かと顔を上げて気づく。声は麻衣のスマホから出ていた。

「その絶望に染まった声って……」

「そ、グルチャ」

グループチャットの音声通話をスピーカーで聞いているようだ。

「聞いているだけで精神がすり減っていくな」

「他所《よそ》は今こんな感じなの。たぶんこれが普通だよ」

「冷静な俺たちは異常者ってことか」

麻衣は「そだね」と笑い、グループチャットの通話を切った。

「〈地図〉を見て何か分かった?」

「近くに川があることくらいだ」

「気分転換に行ってみない？　その川まで」

「賛成だ。俺も同じことを提案しようと思っていた」

あっちだ、と進路を指して移動を再開する。

「川までどのくらい?」

「たぶん10分くらいだと思うけど、もう少し遠いかも」

そう答えたところで足を止めた。

「麻衣、あれを見ろ!」

俺は斜め前方を指した。木々が邪魔で分かりにくいが、それでも薄らと見える。

「洞窟じゃん!」

拠点かどうかは分からないが、洞窟であることは間違いなかった。

「行ってみようぜ！」

「うん！」

俺たちは洞窟に向かって走り出した。

「気をつけてね、風斗」

「ん？」

「洞窟にはボスがいるかも」

「ボス？　ま、着けば分かるか」

視界に占める洞窟の割合が増えていく。

いよいよ目の前にやってきた。

洞窟前の開けた場所で立ち止まり、麻衣を見る。

「ボスはいないようだが？」

外から最奥部が見えるので断言できるが、洞窟の中には何もいない。かといって手前に何かがいるわけでもなく、それらしい形跡も見当たらなかった。

「おかしいなぁ」

そう言ってスマホを操作する麻衣。

数秒後、彼女は「あ！」と声を上げた。

「風斗、コクーンを確認してみて」

「分かった」

コクーンを起動すると、〈クエスト〉ボタンが点滅していた。

導かれるように〈クエスト〉を開く。

画面の中央に「緊急クエスト」というタイトルで何やら表示された。

【内容】魔物の群れに勝利する
【報酬】拠点

最後に「クエストを受けますか？」の確認。

選択肢は「はい」と「いいえ」の二択で、その下に小さな注意書きがある。内容を要約すると、「このクエストは誰かがクリアするとおしまいだが、それまでは何度でも挑戦可能」とのこと。

「これまでの流れから察するに、クエストを受けて魔物の群れを駆除すると拠点が手に入るのだろう。で、拠点ってのは目の前の洞窟のことか？」

「そうだと思う」

「誰もいないしそのまま利用しちゃいけないのか？」

俺は洞窟に入ろうとした。

しかし、どういうわけか入ることができない。見えない壁が進入を阻んでくる。綺麗《きれい》に磨かれたアクリル板が設置されているのかと思った。

「クエストをクリアしないと入れないようね」

「そのようだ」

「さっそく挑戦してみる？　クエストに」

麻衣は乗り気だ。どこに隠していたのか、いつの間にか木の棒を持っていた。

俺も近くの枝を折って武器の代わりにする。

「試してみて厳しそうなら逃げよう。何度でも挑戦できるみたいだし」

俺たちはクエストを受けることにした。

「風斗、いい？　始めるよ？」

「いつでもいいぞ」

開けた空間の外側いっぱいに立つ。俺が前衛で、麻衣が後衛だ。

敵が出るなら目の前のスペースないし洞窟だろう。

「押しまーす！」

麻衣が「ポチッ！」と言いながらスマホをタップ。

次の瞬間――。

「「「ガガガガガーッ！」」」

案の定、大量の魔物が召喚された。

【骸骨《がいこつ》対策】

敵はボロボロに破れた布きれを纏《まと》う骸骨の戦士。背丈は俺たちと同じくらいで、手には刃の欠けた剣を持っている。脚が上がらないのか移動はすり足だ。数は20体。

「オラアアアア！」

まずは挨拶代わりに枝で一発。

「ガガガーッ！」

攻撃を受けた骸骨戦士は盛大に吹き飛んだ。だが骨はくっついたままでバラバラにならない。理科室の骸骨とはモノが違う。

「うげっ、死んでねぇぞ」

「「ガガガーッ！」」

他の骸骨戦士が一斉に襲ってきた。

単体の動きは大したことないが、いかんせん数が多すぎる。

「やべっ」

俺は避《よ》けるので精一杯——否、避けきれなかった。

攻撃を避けようとして他の骸骨に激突。転倒してしまった。

「やばいやばいやばい！」

尻餅をついたところへ敵が迫る。

こんな時、戦闘のプロなら冷静に対処するのだろう。

しかし俺は素人《しろうと》。できることは何もなく、反射的に目を閉じた。おしまいだ。

「風斗ォオオオオオオ！」

三途《さんず》の川が見え始めた時、麻衣が助太刀に入った。木の棒をでたらめに振り回しながら敵の群れに突っ込んだのだ。

「「「ガガガッ!?」」」

俺に群がっていた骸骨共が吹き飛ばされる。

「早く立って！　逃げて仕切り直そう！」

「おう！　助かった！」

俺たちは武器を投げ捨てて逃走。

「お、消えたぞ」

開けた場所から離れると敵が消えた。

「クエストは失敗したことになってるね」

麻衣は早くもスマホを確認していた。

「もう一度このクエストを受けるには洞窟に近づけばいいのか？」

答えを知るため洞窟に向かうと、先程と同じようにクエストが発生した。

「どうやらそのようね」

麻衣はスマホを懐に戻し、残念そうにため息をついた。

「やっぱり拠点のゲットは一筋縄じゃいかないかぁ」

「でも絶望的な戦力差があるわけではなかったぞ」

敗戦の理由は準備不足に他ならない。情けない逃げっぷりを披露したものの、たしかな手応えがあった。作戦を練って挑めば善戦できるはずだ。

「武器を買ってリベンジする？」と麻衣。

「その前に確認しておきたいことがある」

「何？」

「次の敵がさっきと同じなのかどうかさ。クエストを受ける度に変わるかもしれない」

「そっか、クエストには『魔物の群れ』としか書いていないもんね」

逃げる準備を整えてからクエストを受ける。

すると――。

「「ガガガーッ！」」

相手はまたしても骸骨戦士。サッと下がってクエストを失敗させた。

骸骨戦士が消えたら、再び洞窟へ近づきクエストを受注。

「「ガガガーッ！」」

三度《みたび》現れる骸骨戦士。

その後も何度か試したが、結果は全て同じだった。敵は20体の骸骨戦士で、出現位置も決まっている。

「ここの敵は骸骨戦士で決まりのようだな」

「敵の種類が固定なら対策を立てやすいね」

洞窟の前で腰を下ろす俺たち。飲料水を二人分購入し、休憩がてら作戦会議。

「さて、どうやって骸骨戦士に立ち向かうか」

俺は〈ショップ〉を開き、武器カテゴリを眺める。

一口に武器といっても種類は様々だ。中世ヨーロッパにありそうな剣や斧《おの》から、現代の銃器まで一通り揃っている。

できれば銃器が欲しいところだが、今の俺たちには高すぎて手が出ない。かといって剣や斧なら買えるのかといえばそんなことはなかった。銃器に比べて安いが、それでも数万ｐｔとお高い。

俺たちの所持金は二人合わせて1万ｐｔにも満たないのが現状だ。

「クエストを受ける前にポイントを稼いだ方がよさそうだな」と、麻衣を見る。

彼女は自身のスマホを凝視したまま渋い反応を見せ、それから妙なことを言い出した。

「武器を使わずに戦うってのはどう？」

「おいおい、素手で殴れって言うのか？　木の枝ですら太刀打ちできなかったろ」

「そうじゃなくて――」

麻衣はスマホの画面をこちらに向ける。〈ショップ〉の商品ページが表示されていた。

商品名は携行缶で、缶の中には液体が入っている。

液体の正体は――ガソリンだ。

「このガソリンを事前に撒《ま》いておくの」

「で、魔物の群れが現れたら着火するわけか」

「その通り！」

「なんという奇天烈《きてれつ》なアイデアだ」

「これなら今持ってるポイント数の半分にもならないし、今すぐ実行できるよ！」

携行缶は4，000ｐｔでライターは500ｐｔ。二つ合わせてもたった4，500ｐｔとお安い。

とても正気の沙汰とは思えないが、麻衣は自信に満ちていた。

「経済的だし悪くないアイデアだ」

「でしょ！」

低コストで大量の魔物を一網打尽にできるのは大きい。

だが、俺は首を横に振った。

「残念ながらその案は不採用だ」

「えー、なんで？」

「あまりにも危険すぎる」

「危険ってことなら遠くから火をつけたらいいじゃん。ロケット花火とか使ってさ」

「大差ないよ」

俺は「見ろよ」と周囲に広がる木々を指した。

「洞窟の前が開けているとはいえ辺りは緑一色。こんなところでガソリンファイヤーなんてしたら森が火の海と化してしまう。そうなりゃ俺たちは間違いなく死ぬぞ」

「うわぁ、たしかに森が燃えたら困る」

麻衣は「ダメだー」とお手上げのポーズ。

「でも、事前に環境を整えておくのはアリだな」

「というと？」

「ガソリンは過激すぎるが、例えば落とし穴を掘っておくとか」

「それだ！　それ採用！　それでいこう！」

俺は「いやいや」と苦笑い。

「落とし穴は例えだよ。あれだけの数を穴に嵌《は》めるのは辛い。穴を掘るだけで一日が終わってしまう」

「だったらどうすりゃいいの？」

「骸骨戦士の動き方はすり足だった。穴を掘らなくても、足下に何かしらの障害物があれば躓《つまず》くと思う。それだったら準備の手間も大してかからないだろう」

「おー！　天才じゃん、風斗」

麻衣との会話によって、おおよその戦い方が見えてきた。

「あとは武器の調達だけだな。魔物とは今後も戦うだろうし、安物でもまともな武器を買っておいたほうがいいだろう」

「そうだね」

「問題はどうやってポイントを稼ぐかだ」

少なくとも数体の魔物を倒す必要がある。しかし、近くに敵の姿は見当たらない。

「面倒だが周辺を歩き回って獲物を探すとしよう」

「待って、その前に試してもいい？」

「何を試すんだ？」

麻衣は立ち上がり、近くの木に生っている果実を採った。触るのすら躊躇《ためら》われる毒々しい果実を平然と。しかも素手で。

「そんなヤベー物に触れるならゴム手袋を買ったのに……って、あれ？」

不思議なことが起きた。

麻衣の採った果実が消えたのだ。角ウサギを倒した時と同じように忽然と。

「やっぱりね」麻衣はスマホを見ながら呟いた。

「やっぱりって？」

「果物の収穫でもポイントを稼げるみたい。魔物退治に比べたらショボいけど」

麻衣に〈履歴〉を見せてもらう。たしかに収穫で500ptを稼いでいた。

「ふむ……」

目を細めて麻衣を見る。彼女は何食わぬ顔をしているが、明らかに知識量が異常だ。今しがたの収穫にしても、「やっぱり」という感想には違和感があった。

俺は自らのスマホでグループチャットのログを確認。収穫の情報が出ているのかと思ったが、それらしい発言は見つからない。

そうなると、麻衣はどうして……。

「おーい、風斗、聞いてる？」

麻衣の声でハッとした。

「聞いてなかった」

「おい！」

「すまんすまん、で、どうした？」

「私の直感だと釣りや漁でもポイントを稼げると思うんだよね」

「ほう」

直感と言っているが、おそらく何らかの情報に裏打ちされたものだ。もはや疑いの余地はない。拠点を手に入れて一息ついた時にでも話してもらおう。

「近くに川があったでしょ？　そこに行って漁でもしない？　上手《うま》くいけばポイントを稼げるよ！」

「直感がそう告げているのか？」

麻衣は「うっ」と言葉を詰まらせてから、「うん！」と頷く。直感で押し通すには苦しい反応だが、俺は「そうか」とだけ返した。

「なら川に行って漁をしよう」

「イエーイ！　で、漁と言っても何をすりゃいいんだろ？」

「漁を提案しておきながらノープランかよ」

「ごめんごめん！　歩きながら調べるよ！」

「いや、その必要はない」

「えっ」

「川で漁をすりゃいいんだろ？　漁のやり方なら分かる」

落胆させないよう「漁って程のものじゃないけど」と予防線を張っておく。

それでも麻衣は、「すごっ」と驚き、興味津々の様子だった。

【禁断の漁】

〈地図〉を頼りに川までやってきた。

「浅瀬で流れは穏やか、対岸までは約25メートルといったところか」

「それってどうなの？」

「概《おおむ》ねイメージ通りだ」

「おー」

「それにしても、果物に続いて魚まで気味悪いな」

「シルエットは普通なんだけど色が酷《ひど》いよね」

川の魚は例外なく毒々しい姿をしていた。麻衣の言う通りシルエットは普通なのだが、とにかく色がよろしくない。全体的に黒や紫を基調としており、そこへ水色が混ざる場合もある。

「気味が悪くても魚であることに変わりない。乱獲だ」

俺は〈ショップ〉で岩を買うことにした。石材という名称で売られており、価格は材質や大きさで異なる。基本的には安価で、2，000ｐｔもあれば十分。

石材や木材など、材料系の商品は購入前に加工しなくてはならない。専用の加工モードで材質や形状を決めることになる。

この加工機能が非常に優秀で、初めてでも思った通りに操作できた。細部まで弄れるため、その気になれば武器の自作だって楽勝だ。流石に銃火器は難しいが。

「自作の武器で済ませちゃう？　安く抑えられるよ」

こちらの考えを読んだかのように麻衣が言う。

俺は「んー」と悩んでから、「いや」と首を振った。

「今回は買おう。漁に失敗したら自作する方向で」

こうして只《ただ》の岩を購入。

材質は最も安い物を選び、大きさは持ち運べないサイズに設定。

設置ボタンを押すと、川の真ん中にご立派な岩が召喚された。

「あの岩が漁に関係あるの？」

「もちろん」

川に設置した岩を眺めながら静かに待つ。

毒々しい魚たちが岩に群がりだした。

「どれだけ色がヤバくても習性は日本の魚と同じだな」

「もし違っていたら漁が進まなかったんじゃない？」

「そうなんだよ」

「その時はどうしていたの？」

「どうもしない、お手上げだ」

「ダメじゃん！」

声を上げて笑う麻衣の隣で、俺はホッと一安心。

「結構な数が岩に隠れたし、そろそろやるか」

再び岩を購入。今度は俺が抱えられるサイズで、足下に召喚した。

「そろそろ麻衣にも分かるんじゃないか？　どんな漁か」

「いや、さっぱり」

本当に分からないようで、麻衣は不思議そうに見ている。

俺は右の人差し指を立てて漁法の名を言った。

「石打漁《いしうちりょう》だよ。この岩を川の岩にぶつけて、その衝撃で周囲の魚を気絶させる」

「そんなことできるんだ！」

「原始的な漁の一つだけど、日本じゃ基本的に禁止されている」

「ほへぇ！　何でそんな漁を知ってるの⁉」

「実は俺、漁マニアなんだ。世界中の漁を研究している。知らない漁はない」

「うっそぉ⁉　マジで⁉」

「もちろん嘘だよ」俺はニィと笑った。

「嘘かよ！」

「中学の時、歴史の授業で先生が話していたんだ」

「じゃあ実際にやったことはないんだ？」

「おう！」

「元気のいい返事だけど……本当に大丈夫⁉」

「どうかな」

俺は岩を抱えて川に入った。

最初に設置した岩の傍《そば》に来ると、体を振って勢いをつけ――。

「そりゃ！」と、思いっきり岩を投げた。

岩は情けない軌道で飛びつつも、狙い通り川の岩に命中。水中に強烈な衝撃をもたらす。

川面《かわも》に衝撃波が広がり、大量の魚が浮かび上がった。気絶しているだけだが、死んでいるようにしか見えない。

「おー！　大成功じゃん！」

麻衣が「やるぅ！」と拍手喝采。

俺は照れ笑いを浮かべながら魚を指した。

「あいつらが流される前に捕まえるぞ！」

「ラジャ！」

手摑《てづか》みで魚を確保していく俺たち。魚は持ち上げると消えてポイントと化す。

「儲《もう》かりまくり！　大漁大漁！」

麻衣は「うひょー！」と大興奮。

彼女が気づいているかは不明だが、水しぶきで服が濡れている。色っぽい下着が透けていた。指摘するべきか悩むが、何も言わずに笑顔で拝んでおく。眼福、眼福。

「あとは本当に儲かっているかどうかだな」

「絶対に儲かってるって！　二人合わせて20匹は捕まえたし！」

作業が終わると川から出て成果の確認だ。緊張の面持ちで〈履歴〉を開いた。

・川魚を捕獲した：1，300ｐｔを獲得
・川魚を捕獲した：780ｐｔを獲得
・川魚を捕獲した：930ｐｔを獲得
・スキル【漁師】のレベルが2に上がった
・川魚を捕獲した：4，700ｐｔを獲得
・川魚を捕獲した：550ｐｔを獲得
・川魚を……

大量のログが刻まれていた。魚1匹につき最低でも500ｐｔ、最高だと5，000ｐｔの収入だ。ポイントの幅は種類やサイズによるものだろう。

あと、【漁師】というスキルを習得していた。魚を獲得した際に得られるポイントが増えるらしい。レベル2だと20%アップだ。

「えー、なんで風斗のスキルレベルは2に上がって私は1のままなの!?」

麻衣は不満そうに唇を尖《とが》らせる。

彼女のスマホを覗き込むと〈ステータス〉が表示されていた。たしかに【漁師】のレベルが1だ。

「俺のほうがたくさん稼いだからか、もしくは俺が岩を投げたからじゃないか」

「くぅ！」

「それよりいい感じだな、石打漁」

「うん！　この調子ならすぐに武器代を稼げる！」

「よし、この川から魚がいなくなるまで乱獲してやるぞ！」

麻衣は「おー！」と拳を突き上げた後、「あ、待って」と止めてきた。

「ちょっと〈相棒〉とかいうのを試してみない？」

「〈相棒〉ってたしかゲームのパーティー機能みたいなやつか」

「そうそう」

「どういう効果があるんだ？」

「分からないから試すんじゃん！」

「オーケー」

「じゃあ申請するねー」

俺は頷いて自分のスマホを見る。数秒後、麻衣から申請が届いた。

何故か〈相棒〉ではなく〈フレンド〉の申請だ。

そのことを指摘する前に彼女は言った。

「フレンドとしか相棒になれないみたい」

「なるほど」

フレンド申請を承諾すると、今度は相棒申請が届いた。

これも承諾して、麻衣が俺の相棒になった。

「で、相棒になってはみたが……何か変わったか？」

コクーンに変化はない。

「んー、分からない！」

「フレンド機能もぶっちゃけよく分からないな」

「だねー」

「ま、なんだっていいや。漁を続けよう」

上流へ移動して石打漁を行う。先程と同じ要領で魚群を失神させた。

「さぁ乱獲の時間だ！」

「おー！」

素手だと疲れるから網《あみ》を使う。魚の相場が分かったので、多少の出費で効率化した。いちいち屈《かが》む必要がなくなって快適だ。

おかげであっという間に作業が終了した。

「今度はどれだけ稼げたかな」

「ポイントを確認する瞬間ってワクワクするよね」

「分かる」

二人で並んで〈履歴〉をチェック。今度は最低400ptの最高4，000ptで、先程よりも明らかに少なかった。

「さっきのほうがいいじゃん！　同じ作業をしたらポイントの獲得量が減る仕様なわけ⁉」

「普通に考えたら増えているべきなんだがな。今回は最初から【漁師】のスキルレベルが2だったわけだし。スキルの効果で二割増しになるはずだ」

数秒後、俺たちは気づいた。

「風斗、もしかしてこれ……」

麻衣が自分の〈履歴〉を見せてきた。

俺は「ああ」と頷き、こちらの〈履歴〉も見せる。

互いの画面を見比べて確信した。

「獲得したポイントは相棒と山分けする仕様なんだ！」

一回目の石打漁では、自分で捕獲した魚のポイントだけ入っていた。しかし、今回の漁では麻衣の捕った魚のポイントも入っている。

そのため、ログの長さが一回目の倍近くあった。

〈履歴〉に表示されている獲得ポイントを倍にした額が、相棒になっていない時に得られる分なわけね」

「だな。今回の場合だと最低800の最高8，000ptということになる」

「一回目が最低500の最高5，000ptだったことを考えると……」

「一回目よりも六割近く増えているぞ、ポイントの獲得量」

「増えすぎじゃん！　スキルレベル様々だね！」

「それもあるけど、おそらく〈相棒〉の効果もある」

「そうなの？」

「だって【漁師】の効果で増加したポイントの獲得量って二割だぜ？　仮に麻衣の補正と合算する仕様だったとしても三割ないし四割増しに留《とど》まる。六割近くも増えない」

「言われてみればたしかに」

「相棒って名前なくらいだし、同じ作業をすればいくらか獲得量が上がるんじゃないか」

「ありえる！」

「とりあえず相棒と一緒に作業したほうが効率的なのは間違いないな」

その後も俺たちは石打漁に明け暮れた。

しばしば雑談休憩を挟み、続けること約二時間——。

「麻衣、所持金はいくらになった？」

「12万！　風斗は？」

「14万。これだけあれば問題ないな」

俺は刀を購入した。日本刀を彷彿させる片刃の代物だ。振りやすさを考慮して、刃の長さは約65センチとやや短め。

価格は7万Ｐｔ。見た目は最安値で売られている5万の刀と同じだ。

違いは重さにある。５万の刀が約１キロなのに対し、俺の買った刀は２５０グラム。非力な俺でも振り回せる。

商品ページによると、軽量化しても性能は変わらないとのこと。本当かどうか分からないが信じることにした。

「見て見て風斗、私も武器を買ったよ！」

麻衣の武器は槍《やり》で、軽々と振り回している。俺と同じく軽量化した物を買ったのだろう。

「武器は手に入ったことだし……」

俺は鞘《さや》を腰に装着し、刀の切っ先を洞窟の方角に向けた。

「拠点を奪いに行くぞ！」

「おー！」

【拠点】

「まずはフィールドを整えないとな」

洞窟に戻った俺たちは、クエストの準備に取りかかった。

作業は一つ。無数の丸太を購入し、適当に転がしておく。これだけだ。

「作戦は分かっているな？」

「風斗が刀をぶんぶん振り回して、私が後ろから槍で援護でしょ？」

「よし、難解な作戦をしっかり覚えているな」

「そのくらい忘れるか！」

俺は小さく笑い、右手で刀を振った。いい感じだ。

「クエストを始めるぞ。麻衣、準備はいいか？」左手でスマホを操作する。

「いつでも！」

〈クエスト〉を開き、何度となく失敗してきた緊急クエストを受注。

「「「ガガガガーッ！」」」

前方に20体の骸骨戦士が現れた。俺がスマホを懐に戻すのと同時に突っ込んでくる。

しかし――。

「作戦通りだ！」

敵は丸太に躓き、次々に転倒し始めた。

「間抜けな奴等だ！　死ね！」

バランスを崩している敵に斬りかかる。刀で骨を斬れるのか不安だったが、何の問題もなくあっさり斬れた。包丁で豆腐を切る時のような無に近い感触だ。

「ガガッ……」

首を斬られた骸骨戦士はそのまま死亡。次の瞬間には消えていた。

死んだら消える仕様は角ウサギと同じだ。

「数が多いだけで単体性能は低い！　武器も通用するし余裕で勝てるぞ！」

これまでと打って変わって優勢だ。

俺は骸骨戦士の周囲を機敏に動き回り、隙を突いて攻撃する。

相手は丸太で移動を阻害されていて為《な》す術がない。

「こりゃ危なげなく終わりそうだぜ」

一方的な攻撃で着実に数を減らしていく。勝利が見えてきても油断しない。

一方、麻衣は違っていた。

「風斗だけ楽しそう！　私も戦う！　おりゃあ！」

勝利を確信したのか、陣形を乱して戦闘に加わってきたのだ。それ自体はかまわないが、

何も考えずに攻撃したのは問題だった。

なんと俺の背後から槍を繰り出したのだ。

スンッ！

槍は俺の顔のすぐ横を通って骸骨戦士を貫いた。

「ガガガッ……」

顔面を貫かれて即死する骸骨戦士。

「ひぃいいいいいいいいいい！」

陽光をキラリと反射する槍に恐怖する俺。

「本当だ！　簡単に刺さったー！」

麻衣は無邪気に喜んでいた。

「おい！　危ねぇだろ！」

「大丈夫だって！　ちゃんと狙ったもん！　ほれ！」

麻衣が追加の刺突《しとつ》。今度は先程よりも顔の近くを通った。

「ひぃいいいいいいいいいい！」

血の気が引いて顔が真っ青になる。

そんな俺を見て、麻衣は愉快気に「きゃはは」と笑う。

「びびりすぎだって！　風斗は大袈裟《おおげさ》だなぁ！」

骸骨戦士の群れを封殺しているのに、生きた心地がしなかった。

◇

ハチャメチャな戦闘がどうにか終了した。

結果は俺たちの完全勝利。

なのに、俺は体によくない汗を滝のようにかいている。魔物より味方のほうがおっかないとは思わなかった。

「いえーい！　大勝利！」

俺をビビらせた悪の元凶は涼しい顔で喜んでいる。やれやれ。

「これで緊急クエストは終わりのようだ」

〈クエスト〉を開くと変化があった。成功を祝う文章と、拠点を獲得するかどうかの確認が表示されている。無条件に貰《もら》えるわけではないようだ。

「拠点を手に入れるには1万ｐｔが必要らしい」

「1万で買えるってこと？」

「いや、買うというより借りる感じだ」

「どういうこと？」

俺はスマホに表示されている説明を読みながら答えた。

「拠点を使うには毎日1万ｐｔの維持費を払う必要があるそうだ。今要求されている1万

ｐｔは本日分の維持費ってことらしい」

「1万なら問題ないし手に入れちゃおうよ！」

「当然だ」

　1万ｐｔを支払った。

『この拠点の所有権を手に入れました』

見た目に変化はないが、目の前の洞窟は俺の物になったそうだ。

試しに中へ入ってみることにした。そーっと足を伸ばし、つま先を中へ。

「お！　いけたぞ！」

前回は見えない壁に阻まれたが今回は大丈夫だった。

「拠点を手に入れたことだし休憩しよう」

「さんせーい！」

俺たちは並んで座った。洞窟の壁にもたれ、互いにスマホと睨《にら》めっこ。光の速さで指を動かす麻衣に対し、俺の指はカメ並みだ。

「ポイントを使って拠点を拡張できるらしいぞ」

俺は〈拠点〉を開きながら話す。

「拡張って？」

「例えばスペースを拡張して奥行きを広くすることが可能だ。他にも蛇口や照明を設置するなど、何だか色々とできそうだぞ」

「あーね」

興奮気味の俺と違い、麻衣の反応はそっけない。かと思えば、「拠点の入場制限って変更できる？」などと訊《き》いてきた。

「できるよ。今は『誰でも』になっているけど、『本人のみ』や『フレンドまで』なんかもある。ここでフレンド機能が役に立つようだ」

「試しに『本人のみ』に変えてみてよ。たぶん私、吹き飛ぶから」

「吹き飛ぶ？　まぁいいや、やってみよう」

俺は入場制限を『本人のみ』に変更した。

すると、本当に麻衣が拠点の外へ吹っ飛んでいった。スカートが捲《めく》れて純白のパンティーが露《あら》わになっている。俺は反射的に「おほほっ」とニヤけた。

「いったぁ……。想像以上に吹っ飛んだね……」

「想像以上っていうか、普通は吹き飛ぶなんて思わないはずだが？」

拠点の入場制限を『フレンドまで』に変更する。

麻衣は「あはは」と笑って流し、再び俺の隣に腰を下ろした。

「次は拠点の拡張をしてみるか」

「いいねー。拡張って5，000ptだっけ？」

「いや、1，000ptだけど。5，000って額はどこから出たんだ？」

「な、なんとなくだよ！　なんとなく！」

麻衣の目が泳いでいる。

俺は大きなため息をついた。

「なぁ、そろそろ本当のことを話さないか？」

「本当のことって？」

真剣な表情になる麻衣。

「何か知っているんだろ？　この島のこと」

「それって、どういう……」

「とぼけても無駄だ。これまでの言動を見ていれば馬鹿でも分かる。この島に集団転移したことやコクーンについて、麻衣は何か知っているはずだ。違うか？」

「…………」

「別に責める気はないよ。ただ、知っているなら俺にも教えてくれ。他のことなら好きなだけ隠してもいいが、この異常事態については可能な限り情報が欲しい」

麻衣の目を見つめる。

「…………」

彼女はしばらく無言だった。何かを考えているようだ。

そして――。

「まぁ、知っていると言えば知っていることになるのかな。経験したのは今回が初めてだけど」

「どういうことだ？」

「話してもいいけど、たぶん信じないと思うよ」

「今以上に信じられないことなんてないから平気さ」

「たしかに」と笑う麻衣。

それから、「信じなくてもいいけど……」と話し始めた。

「実は、過去にも同様の事件が起きているんだよね――」

【鳴動《めいどう》高校集団失踪事件】

「こんな異常現象が過去にもあっただと!?」

驚きのあまり前のめりになる俺。

「鳴動高校集団失踪事件って知ってる?」

「鳴動高校……」

聞き覚えのある名前だが、はっきりとは思い出せない。

「数年前にあったでしょ?　忽然と生徒全員が姿を消した事件」

そこまで言われて完全に思い出した。テレビやネットで大騒ぎになった事件だ。

だが――。

「あれって生徒たちの妄言ってオチだったろ。約一ヶ月後に数名が生還して、それからしばらくして残りも全て生還したはずだ」

失踪した生徒の中に日本有数の大企業の御曹司がいた。そいつが金に物を言わせて仕組んだこと、とネットでは噂《うわさ》されている。要するに大掛かりなイタズラだ。

「全員じゃないよ、生還したのは。未だに見つかっていない人もいる。でも、私が注目してほしいのはそこじゃない。何人が生還したとか、妄言かどうかなんてどうでもいいの」

「というと？」

「生徒たちの供述内容が大事なのよ」

「供述内容……」

「覚えているかな？」

脳の片隅から記憶を呼び覚ます。

たしか当時、生徒らは「謎の島にいた」と言っていたはずだ。

「気がつくと地図に載っていない謎の島に転移していて……って、これ、今の俺たちと同じじゃねぇか！」

「そういうこと」麻衣は神妙な顔で頷いた。「当時は妄言やら洗脳やら言われて誰も信じていなかった。次第に報じられる頻度も減り、あっという間に大衆の記憶から忘れ去られてしまった」

「そんな事件、麻衣はよく覚えていたな」

「ネットで盛り上がったからね。ネットの話題には敏感なのよ」

「流石は数十万のフォロワーを持つインフルエンサーだ」

「ネットでは人気者だからね、私」

そう言って笑う彼女の顔はどこか寂しげだった。

「事件のことは分かった。おそらく同様の問題に俺たちが巻き込まれていることも。でも、どうして事件の詳細を麻衣が知っているんだ？　テレビじゃ謎の島に転移したってだけで、謎のアプリやら何やらって話は出ていなかったはずだ」

「テレビでも最初は報じられていたよ。ただ、私が詳しく知っているのはテレビで観たからじゃない。生還した生徒がウェブサイトに情報をまとめているからなの」

「ウェブサイト？」

「最初に生還した生徒らが作ったのよ。日本に戻って間もない頃にね」

「そこに詳細が書いてあるのか」

「うん、島のことや効率的なポイントの稼ぎ方、他にも色々とね。でも、島に残っている他の生徒に向けて作ったものだったから、当時はそのサイトを見ても意味不明だった」

「でも今ならよく分かると」

「その通り。で、検索したらサイトは生きていた。アプリ名やら細かい部分では異なっているんだけど、大体はサイトの情報と一致している」

「なるほど」

ようやくはっきりした。麻衣がどうして詳しかったのか。

「そのサイト、俺も見ることはできるんだよな？」

「もちろん。個別チャットでアドレスを送るね」

麻衣から届いたアドレスを開くと、古臭いデザインのウェブサイトが表示された。

「たしかに、これは……」

サイトには謎の島に関する情報が書かれていた。彼らがどのようにしてポイントを稼ぎ、そして、どうやって生還したのか。

そう、日本に帰還する方法まで書いてあるのだ。

帰還の方法は単純明快。島を脱出して適当な場所へ行くだけでいい。

サイトを作った先人は小笠原《おがさわら》諸島に向かった。転移場所から最も近いのがそこだったらしい。といっても、小笠原諸島まで数百キロもあったそうだ。

また、サイトによれば、謎の島に侵入する手段はないという。ひとたび脱出すると島には戻れない。彼らの供述が妄言扱いされた理由もそこにあった。

「問題は自力で脱出する必要があるってことか」

「今まで黙っていてごめんね。言っても信じてもらえないと思ったの」

「かまわないさ。逆の立場なら俺だって躊躇うと思う。それより、このサイトの情報をグループチャットで共有しようぜ」

「え、皆に教えるの？」

「そのほうがいいと思うけど。嫌なのか？」

「嫌じゃないけど不安」麻衣は情報を共有するのに消極的なようだ。

「どうして不安なんだ？」

「誰も信じないだろうし、今のグルチャは荒れまくっているからね。皆パニックで殺気立っているし、余計な発言をしたら八つ当たりされそうな気がするっていうか……」

「一理ある」

たしかにグループチャットは荒れている。苛立《いらだ》ちのせいで口調が刺々《とげとげ》しい者、何を考えているのか皆の不安を煽《あお》る者、ウケ狙いと称して自らの生殖器の写真を貼り付ける者……まさに地獄絵図だ。

絶望的なのは、これでもまだ最初よりマシということ。ポイントで食糧を買えることが知れ渡る前はもっと酷かった。

「それにね、サイトの情報と私たちの環境って細かい部分で違うじゃん。例えば〈クエスト〉なんかがそう。サイトには『序盤はクエストを消化してポイントを稼ぐといい』って書いてあるけど、これは明らかに私たちの〈クエスト〉とは違うでしょ？」

「たしかになぁ」

俺は〈クエスト〉を開いた。だが、表示されたのは「現在、受けられるクエストはございません」の一文のみ。積極的にクエストを消化しようにも、そうすることができない。おそらく先人のクエスト画面は違っていた。大量のクエストが表示されていて、そこに書かれている条件を満たせばポイントを貰えたのだろう。

また、細部の違いだけでなく、決定的に違う箇所もあった。

中でも印象的なのは〈スキル〉と〈相棒〉だ。この二つは効率よく稼ぐなら絶対に押さえておきたい。なのに、ホームページにはそれらのワードが一切出てこない。先人の環境には〈スキル〉や〈相棒〉が存在していなかったのだろう。

「だから不安なんだよね、情報を共有するの」

「気持ちは分かるが、それでも共有したほうがいいと思う。夜になるとヤバいのが出てくるって書いてあるし、このままだと大惨事になりかねない」

サイトによれば、深夜2時から4時の間に「徘徊者《はいかいしゃ》」という化け物が出てくる。数はおそらく無限。倒しても倒しても新手が現れて人を襲うそうだ。

徘徊者の対策法は二つ。

一つは拠点に引きこもる。これがベスト。

拠点がない場合は高所――例えば樹上に避難すれば安全らしい。

「この島で徘徊者が出るかは分からないが、可能性がある以上は教えておくべきだろう」

「風斗って正義感に溢《あふ》れているんだね」

「そうか？」

「信じてもらえなかったら袋叩きにされかねない状況なんだよ？　それでも皆を助けようとしているじゃん。風斗にとってどうでもいい人たちだろうに」

たしかにどうでもいい連中ではある。なにせ俺は高校デビューに失敗した残念な男。高校には友達がいない。

「正義感と言えば聞こえはいいが、実際は少し違う。俺は自分のために情報を共有しようとしているんだ」

「自分のため？　どういうこと？」

「どうでもいい奴等でも、徘徊者のことを教えてやらなかったばかりに死なれたら後味が悪いだろ？　だから、こちらの提供した情報を相手が信じなくて死ぬ分には気にしない。それは相手の自業自得だからな」

「なるほどね」

「とはいえ、鳴動高校集団失踪事件やサイトのことを教えてくれたのは麻衣だ。情報を共有していいかどうかは麻衣が決めてくれ。麻衣がダメって言うなら俺は誰にも言わないよ」

「ううん、皆に教えていいよ」

「分かった」

俺はすぐさま情報を共有した。教師も参加する学校全体のグループにサイトのアドレスを貼り付け、「今の俺たちはこれと同じ環境だと思う」と発言。

「まさかグルチャでした最初の発言がこんな内容になるとはな」

「謎の情報通って感じでカッコイイじゃん」

麻衣が茶化すように言った。

皆の反応が分かるまで早くても数分はかかる。

その間、俺たちは先人のサイトを閲覧して待った。

「そろそろ反応がある頃か」

「絶対に嫌われてるわー。こんな非常事態にうんたらかんたらーって怒ってる人がいるに違いない！」

「果たしてどうかな」

緊張の面持ちでグループチャットを開く。

RyoTA：このサイトの情報マジじゃん
リカリカ：ウチらも鳴動高校の人らと同じ事件に巻き込まれてんの⁉
M．Misa：やばっ！
柴内慎吾＠野球：漆田ナイス！　誰か知らんけど（笑）

グルチャの話題は俺の発信した情報で染まっていた。麻衣の予想に反して好意的な反応で埋め尽くされている。

「見ろ、麻衣。めっちゃ感謝されてるぞ俺たち」

しばらくすると俺たちに対する感謝の声で溢れた。ポイントの稼ぎ方や帰還方法について分かったのが大きい。鳴動高校の時と違って転移者に教師がいるのも安心感を高めていた。

「皆に感謝されるのって気持ちいいものだね」

「同感だ。今後も有益な情報があったら発信していこう」

「だね！」

俺は「ふぅ」と息を吐き、スマホを持ったまま立ち上がる。
休憩は終わりだ。

【徘徊者対策】

徘徊者対策を講じることにした。実際に現れるのかは不明だが、可能性がある以上は無視できない。備えあれば憂いなしというものだ。

「一見すると【ＨＰ】のほうが良さそうだけど、【防御力】のほうがいいのかな？　風斗はどう思う？」

「分からないな……。ま、今回はパスするとしよう。強化費の10万は払えない」

「ポイントなら少し余っているよ。必要なら〈取引〉で渡すけど」

「いや、遠慮しておく。防壁を強化したらカツカツになってしまうからな」

拠点は防壁に守られている。

防壁とは拠点の獲得前に侵入を阻んだ見えない壁のことだ。設定によって可視化したので、今は半透明の青いバリアがよく見える。

防壁にはステータスがあり、項目は【ＨＰ】と【防御力】の二つ。

【ＨＰ】１３５，０００

【防御力】1

HPが六桁あるのに防御力は一桁なので、どうしても防御力が貧相に見える。どちらを強化するのが正解なのだろうか。

強化した場合、HPは7万、防御力は1増える。上昇率は防御力のほうが上だが、仕様が分からないので判断できない。

「鳴動高校の人らが転移した時も防壁のステータスってあったのかな?」と麻衣。

「たぶんなかったと思う。そういうワードが一切出てこないし」

防壁のステータスについてもサイトには載っていなかった。一方で、防壁自体が存在していたことを示す記述は散見された。拠点があれば徘徊者は何の問題もないという認識だったようだ。

「さて、作業を始めるとしよう」

「肉体労働とか私らしくないなぁ」

「俺だって慣れていないさ、一緒一緒」

俺たちはシャベルを使い、防壁のぎりぎり範囲内――洞窟を出てすぐの土を掘り始めた。観音開きの門扉《もんぴ》をこしらえるためだ。徘徊者対策の一環である。

門扉の作り方はそう難しくない。適当な深さの穴を両サイドに掘り、その穴に基礎となるブロックを埋める。ブロックに鉄の柱を挿し、穴に自作のコンクリートを流し込んで固定。左右の柱に木の扉を取り付けたら完成だ。楽に開閉できるよう取っ手やコマを付けておいた。

これらの作業は現代の高校生なら誰でも知っている常識中の常識だ。というのは嘘で、俺たちはインターネットに頼った。検索するとＤＩＹの解説サイトがごまんと出る。

「お、ポイントが入ったぞ」

「本当だー！」

門扉を作ったことでポイントが発生した。相棒補正込みで約３，０００ｐｔ。材料費の三割に相当する。

ついでに【細工師】というスキルを習得した。道具を作った際の獲得ポイントに補正がかかるらしい。レベル１だと＋10％。【漁師】や【狩人】と同じだ。

「風斗、グループチャットに上がっている情報は確認した？」

「〈マイリスト〉のことか？」

「そうそう！」

〈マイリスト〉もサイトには出てこなかった仕様の一つ。リストに登録したアイテムを〈ショップ〉と同じ感覚で召喚できる。召喚したアイテムを登録時の状態に復元することも可能だ。

ただし召喚は有料で、必要なポイントは〈ショップ〉より多い。〈ショップ〉で買えるアイテム――グループチャットでは「既製品」と呼ばれている――ではなく、自分で作ったり拾ったりした物を登録するのがいいだろう。

他人が作った物はリストに登録できないので、その点は注意が必要だ。

「試してみようよ、せっかく門扉を作ったんだし」

「賛成だ」

麻衣ができたてほやほやの門扉を〈マイリスト〉に登録する。二人で作った場合は二人の所有物とみなされるようで、俺のほうもリストに登録できた。

次に召喚を試してみる。麻衣が「えいやっ」とスマホをタップすると、新たな門扉が設置された。

「召喚代は材料費と全く同じだね」

「自分で作る手間を省けるわけか、作った際に得られるポイントや【細工師】の経験値を諦める代わりに」

「で、余分に出したこの門扉はどうする？」と、笑う麻衣。

「え、麻衣に何か考えがあるんじゃ？」

「なーんにもない！」

「ダメじゃねぇか！」

「いやぁ、こう見えてお馬鹿なんですよねー、私」

「こう見えてって言うほどかなぁ」

「なんだと」

「ま、不要な門扉は売ればいいんじゃないか」

〈販売〉を使えば売りに出せる。先人の環境にもあったシステムだ。

「出品したよー！　あれ、消えないね？」

「仕様が異なるのだろう」

出品中のアイテムは異次元に消える――とサイトには書いてあった。先人はこの仕様を利用して荷物の運搬を行っていたようだ。しかし俺たちの場合は消えずに残っていて、サイトに書いてあるような小技は使えそうにない。

などと思っていると、突然、門扉が消えた。

「消えるまでにタイムラグがあるのか」

「売れたから消えたんだと思う」

「もう売れたのか」

「桁間違いを疑いそうなくらい激安で出したからね」

不要な門扉を捌《さば》いたら、最後に復元機能の実験だ。目の前の門扉から取っ手を外して復元を選択。カメラモードに切り替わったので復元する門扉を指定。

復元に必要なポイントが表示された。

「復元代は損傷具合によって異なるっぽいな」

「そうなの？」

「ぴったり取っ手の代金が請求されているから間違いないと思う」

これで〈マイリスト〉の使い方は把握した。

折角なので門扉の開閉具合も確認しておく。

「よしよし、いい感じだ」

作りたてということもあって滑らかだ。

「あとは念の為に門扉の奥にも柵を立てたいところだが……」

スマホの時計を確認。

時刻は17時過ぎ。太陽が休む準備を始めていた。

「日が暮れる前に辺りを散策しよう。魔物がいたら倒してポイントを稼ぎたい」

麻衣は「えー」と気乗りしない様子。

「私、もうクタクタなんだけど」

「なら一人で行ってくるよ。麻衣は適当に過ごしていてくれ」

「じゃあサイトに載っているポイントの荒稼ぎ法が使えるか試してみるね。他所のグループでもやっているみたいだけど」

「それは名案だ」

麻衣はプランター等の栽培セットを購入した。トマトを育てるつもりのようだ。

栽培を大規模化すると稼げる、とサイトに書いてあった。種は数日で育ちきり、収穫するとポイントを得られるらしい。数日で実が生るなど想像できなかった。

「俺はサイトに載っていないことを試してみるよ」

マウンテンバイクを召喚する。

〈ショップ〉ではなく〈レンタル〉で調達したものだ。乗り物の多くは、こうして借りることができる。レンタル代でいくらか取られるけれど、買うよりも遥《はる》かに安い。

マウンテンバイクは買うと5万ｐｔするが、借りると一日1，000ｐｔで済む。

「一時間で戻る予定だが、もしも戻らなかったら――」

「ダメ。ちゃんと戻ってきてね。一人じゃ不安なんだから」

麻衣が「分かった？」と俺の目を見る。

「わ、分かったよ」

妙に小っ恥ずかしくて頭を掻いてしまう。

「よろしい！　じゃ、行ってらっしゃい！」

「おう！　良い成果を期待していてくれ！」

俺はヘルメットを被り、マウンテンバイクに跨《また》がった。

【周辺の探索】

マウンテンバイクには詳しくない俺だが、これだけは断言できる。
レンタルしたマウンテンバイクは間違いなく一級品だ。

とにかく性能がいい。凹凸の激しいオフロードを舗装された道路のような感覚で走れる。
ペダルは軽く、少し漕《こ》いだだけでぐいぐい進むのも素晴らしい。

「もう徒歩には戻れないな……」

この快適さならレンタル代の一日1，000ptなど安いものだ。きっと明日以降もレンタルするだろう。大して移動しなくても借りるに違いない。

「お？　あれは……」

視界の隅に不審な物体を捉える。よく見ると魔物だった。

背中から人間の上半身を生やしたうり坊だ。ケンタウロスのうり坊版といったところか。
手に可愛らしい斧を持っている。

「上半身だけとはいえ人型の相手と戦うのは躊躇われるが……仕方ない、やるか」

俺はマウンテンバイクから降りて刀を抜いた。

腰を低くして前傾姿勢で突撃する。

「グゥ？」

下半身のうり坊がこちらに気づいた。背中から生えている人型が振り向く。

「フシャアー！」

人型が吠えた。それほど大きくないのに強烈な威圧感だ。

軽く怯《ひる》むが、走り出した以上は止まれない。

「うおおおおおおおおおおお！」

「シャアアアアアアアアアア！」

互いに突っ込み、交差する。

どちらも止まることなく走り抜けた。

「手応え――あり！」

敵の悲鳴が背後から聞こえる。漫画やアニメなら、俺は振り返ることなく刀を鞘に戻すだろう。そして刀が鞘に収まりきった瞬間、敵は盛大に血飛沫《ちしぶき》を上げて死ぬ。

だが、現実は違っていた。

「やったか⁉」

やっていないフラグを立てて振り返ったのだ。刀を鞘に収めることなく、右手でしっかり握ったまま。

「グオオオオオオオオオ……」

「よし！」

奇跡的にもフラグは成立しなかった。敵は断末魔の叫びを上げながら消えたのだ。

直ちに〈履歴〉を確認する。敵の名前はボアライダーで、討伐報酬は約3万ｐｔ。【狩人】のレベルが2に上がった。

「ふぅ」

一瞬の攻防だったのにどっと疲れた。

「最低限のポイントは稼いだし戻るか」

〈地図〉を見ながら復路を考える。主目的が探索なので、往路とは違う道を通りたい。

「ルートは覚えたぞ」

再びマウンテンバイクに乗って走り出す。

周辺に気を配るが大した発見はなく、同じような景色が続くので飽きてくる。

「湖に行くべきだったかなぁ」

この島には湖が点在している。大して遠くない距離に位置するものもあった。ただ、行くなら帰路とは反対の方向に進む必要がある。

「ま、明日以降でいいか」

今は戻ることを優先しよう。俺は前に集中してペダルを漕ぎ続けた。

そんな時だ。

「おーい、そこのお前ー」

どこからか声が聞こえた。マウンテンバイクを止めて周囲を確認する。

駆け寄ってくる連中を発見した。

「お、止まった止まった！」

そう言って手を振っているのは茶髪の男。他にも複数の男女が一緒だ。全員が俺と同じ制服を着ている。

茶髪の男を含めると10人。おそらく全員三年だ。

ものの見事に知らない顔ばかり――と思いきや、一人だけ見覚えがあった。

三年の女子で、弓道部の部長を務める弓場由香里《ゆばゆかり》だ。すらっとした背丈と綺麗な金のセミロングが特徴的な美人。

何を隠そう、彼女は俺の初恋の人だ。というのは嘘で、実際は喋ったことすらない。

それでも知っているのは彼女が有名人だからだ。弓道の大会において負け知らずで、テレビに取り上げられたこともある。それでいて成績も優秀らしく、まさに才色兼備。

当然ながら学校のホームページでは生徒の代表として紹介されている。校内の知名度だけで言えばインフルエンサーの麻衣より上だ。

「そのマウンテンバイクはどうしたんだ？　というか一人で行動しているのか？」

茶髪の男が尋ねてきた。他の連中は静かに俺の言葉を待っている。

「マウンテンバイクはレンタルだよ。１，０００ｐｔで借りられる」

「そうなのか」

俺はスマホを見せながらレンタル方法を教えた。連中は俺と同じマウンテンバイクを召喚してご満悦の様子。何人かは試し乗りと称して離れていった。

「で、お前は一人で行動しているのか？」と、茶髪の男。

「仲間もいるよ。今はばらけて周辺の探索をしていたところだ」

「なるほどな」

「そっちは何をしていたの？」

「俺たちは木の上にハンモックを作っていたところさ」

男は俺を見たまま親指で後ろの木を指した。言葉通り作業の様子が窺《うかが》える。

「徘徊者対策をしているわけか」

「本当に出るかは分からないけどな」

先人のサイトが正しければ、徘徊者は樹上に避難していると安全だ。拠点がない場合は木の上にハンモックを作るのがいいと書いてあった。彼らはその教えを守っているようだ。

(情報を共有した甲斐《かい》があったな)

心の中でにっこり。発信した情報が役に立っていると分かって嬉《うれ》しかった。

「お前のほうはどうなんだ？　ハンモックとか作っていないのか？」

「後で作る予定だ」

「すると拠点を持っていないんだな？」

「まぁな」とだけ答える。長いセリフは嘘がバレやすいので避けた。

拠点のことを言わないのは相手が多いからだ。言えば拠点に来たがるだろうし、今の俺に断る術はない。断ったところで強引についてこられたらおしまいだ。

かといって受け入れるのも望ましくない。数の差から相手に主導権を握られてしまうリスクがある。俺と麻衣の拠点なのに、俺たちの居心地が悪くなりかねない。

別に彼らを嫌ってはいないが、一緒に行動するタイミングではないと判断した。

「悪いけどそろそろ戻らなくちゃ。日が暮れるから」

「はいよ、呼び止めて悪かったな」

「気にしないでくれ。じゃ、また」俺はマウンテンバイクに跨がった。

「あ、そうだ」茶髪の男が待ったをかけた。「よかったら名前を教えてくれよ。こうして出会ったのも何かの縁だし」

まずい。ここで本当の名を名乗ると嘘がバレる。

俺と麻衣はグループチャットで公言しているのだ。拠点を手に入れた、と。

「……牛田《うしだ》！　牛田っていうんだ」

咄嗟《とっさ》に嘘の名前を言った。

「牛田か。下の名前は？」

どうしてそこまで知りたがるんだ。下の名前とかなんだっていいだろ。タケシでもタロウでも好きなように考えてくれ。

とは思うが、そう言うわけにもいかない。

「……雅人《まさと》だ！」

「雅人だな、オッケー。俺は吉岡《よしおか》だ。三年の吉岡」

俺には下の名前を訊いておきながら、自分は苗字《みようじ》しか言わない吉岡。その点に引っかかったが、興味がないので「分かった」とだけ返す。

「吉岡だな、覚えておくよ。またどこかで会ったらよろしく」

「おう、またな雅人」

今度こそ撤退……と、今度はスマホが鳴った。きっと麻衣だろう。

そう思って確認したところ、由香里からのフレンド申請だった。

サーッと血の気が引いていく。

（しまった！　その手があったのか！）

フレンド申請を送る方法は二つ。カメラモードで対象を捉える方法と、周囲にいる人間のリストから選ぶ方法。

由香里がどちらの方法で俺に申請したかは分からないが、どちらの方法でも申請すれば画面に表示される。〇〇にフレンドの追加を申請しました、と。

なので今、彼女の画面には俺の名前が載っている。漆田風斗という名前が。

ちらりと由香里を見る。彼女は俺の目を見つめたまま銅像のように固まっていた。無表情で何を考えているのか分からない。

「…………」

「どうした雅人？　帰らないのか？」

「い、いや、帰るよ」

吉岡の言葉を適当に流し、由香里の申請を承諾する。断ったら面倒なことになりそうな気がした。

（由香里は無反応だな……）

てっきり皆の前で嘘を暴かれるのかと思ったが、その気はないようだ。

それとも俺が消えてから話すのだろうか。あいつの本当の名前は漆田だぞ、と。

（とにかく今は離脱しよう）

俺はマウンテンバイクを走らせた。吉岡たちが「またなー」と手を振っている。

その姿が見えなくなるまで離れたら一時停止。チャットを確認する。

案の定、コンタクトリストに由香里が追加されていた。向こうが登録したので、こちらのリストにも自動的に登録されたのだ。フレンドと違って相手の許可は必要ない。

やはり由香里の目的は個別チャットにあった。何か言いたいことがあるのだろう。例えば、「私だけこっそり仲間に入れて」とか。それならあの場で無言だったことにも説明がつく。

そう思ったが、何のメッセージも届いていなかった。

「何か言ってきていると思ったが……」

もしかしたら今はハンモックの製作で忙しいのかもしれない。

（すると、メッセージが届くのは夕方ないし夜が濃厚か）
あれこれ考えながら帰路に就いた。

【拠点の拡張】

洞窟のすぐ外に麻衣がいた。丸太に座って夕食の準備を進めている。彼女の前には石のブロックを組んで作った焚《た》き火台があった。

「おかえりー、もうちょいで美味《おい》しいご飯ができるからねー」

「ありがとう。それにしても、さっきの戦いで使った丸太を上手く活《い》かしているな」

「でしょー？　ふふん！　でも、大半はそこらに転がったままだけどね」

麻衣が焚き火台に薪《まき》を追加する。台には鉄の網を敷いているが、炎はその網を飲み込むくらい強力だった。

どう見ても過剰な火力で熱されているのは、大きな鍋と二人分の飯盒《はんごう》。鍋の中はカレーで間違いないだろう。漂う香りが雄弁に物語っていた。

「いい匂いだな、魔物が寄ってきそうだ」俺も適当な丸太に腰を下ろす。

「そうなったら守ってね？」

「俺に丸投げかよ！」

「私はポイント稼ぎで疲れたからもうだめ」

拠点の中を見て「たしかにな」と思った。

手作りの槍が壁に立てかけてあったのだ。それも5本。

「で、ポイントはどのくらい稼げた？」

「材料費を引くと1万ちょっとかなぁ」

「時給約1万ｐｔか。それは微妙だな」

「だよねー。スキルレベルを上げないときつい」

「そういやスキルは何か習得できたのか？」

「料理を作ったことで【料理人】を習得したよ。槍の自作は【細工師】の対象みたいで、【細工師】のレベルが3に上がった！」

「おー」

麻衣は耐熱手袋を装着し、焚き火台から飯盒を取り出した。

いざ実食……と思いきや、飯盒はすぐ傍でひっくり返されてしまう。

「え、なんで」お預けを食らった子供のような表情になる俺。

「この状態で10分ほど蒸らす必要があるの」

「そういえばあったな、蒸らしタイム」

久しぶりの飯盒炊爨《すいさん》なのですっかり忘れていた。

「で、風斗のほうはどうだった？　待っている間に聞かせてよ」

「分かった」

俺は一人で行動していた時のことを話した。ボアライダーとの戦いについてはサクッと済ませ、吉岡と遭遇したことについて詳しく語る。

麻衣は由香里の名前に反応した。

「弓場先輩かー。あの人、学校だと風斗と同じくらい静かだったよね」

「そうなのか」

「コラボ配信に誘ったことあるんだけど、超ぶっきらぼうな反応だったよ」

コラボ配信て、と笑う俺。

「相手は麻衣と違って配信とかしていないだろ」

「だからこれを機にどうですかって誘ったの。弓場先輩、ネットでも人気者だからね」

「ネットでも人気なの？　なんで？」

「そりゃあれだけ美人で弓の腕もトップレベルなんだから当然でしょ。しかも和弓《わきゅう》だから映えるんだよねー。女からしたらあの美しさは反則だよ、反則」

「なるほど。でも、容姿なら麻衣だって負けていないんじゃないか」

麻衣は「なっ……」と顔を赤くした。

「急に何言ってんの⁉　今はそんなお世辞いらないんだけど⁉」

「お世辞じゃなくて本心だよ。麻衣は可愛い系で由香里は美人系だからタイプは違うけど、容姿のレベルで言えばいい勝負だと思う」

麻衣は更に顔を赤くした後、「ぷっ」と吹き出した。

「よく真面目な顔でそんなこと言えるね、ウケるんだけど」

「別にウケ狙いではなかったのだが」

「ま、ありがとね。恥ずかしかったけど嬉しいよ」

変な奴だな、と思った。

麻衣はSNSで日に数百回は「可愛い」と言われている。学校では面と向かって言われることもあった。女子だけでなく男子からも。今さら恥ずかしがる意味が分からなかった。

「そういや風斗、弓場先輩のこと由香里って呼び捨てなんだ？」

「気にしていなかったな。先輩って付けたほうがいいかな？」

「私はどっちでもいいけど、呼び捨てだと馴れ馴れしい感じがする」

「実際は話したことすらないんだけどな」

改めて個別チャットを確認するが、由香里からの連絡はなかった。

◇

麻衣の作ったカレーは想像以上に美味かった。カレー自体の味がいいのもあるが、何より飯盒というのがいい。家で食べるカレーの五倍は美味い。

食事が終わると徘徊者対策の残り作業に取りかかった。

鉄製フェンスの設置だ。網目状になっているので、隙間から槍で突くことができる。防壁や門扉の突破に備えたものだ。

フェンスは二人で作った。作り方は門扉の応用だ。両サイドに既製品のコンクリブロックを何段も積み、そこに鉄材を加工して作った専用の柵を挿して固定。

作業は一時間足らずで終わった。

「余ったポイントは拠点の拡張に回すか」

「私も拡張したーい！」

「なら拠点の所有権を麻衣に移そうか？」

「それよりギルドを作ったらいいと思うよ」

「ギルド？　そういえばあったな、そんな機能」

「ギルドっていうのはチームみたいなもので――」

「それは分かるよ。ゲームによくあるギルドだろ？　クランと呼ばれることもあるやつ」

麻衣は「そそっ」と頷いた。

「グルチャで誰かが言ってたんだけど、拠点の所有権をギルドに移せるらしいの。そうすればギルドメンバー全員が拠点を弄れるようになるって」

「便利だな」

さっそくギルドを作ることにした。〈ギルド〉を開き、新規作成を選択。

「ギルド名を決める画面が表示されたぞ」

「名前は『インフルエンサーとその友達』でどう？」

愉快気に冗談を言う麻衣。

俺は「残念だけど」と笑いながら答えた。

「ギルド名は俺の名前で決まっているらしい」

「そうなの？」

「姓名のどちらかを決めることしかできない。で、名前の後ろにチームってワードが入るから、俺たちのギルド名は漆田チームか風斗チームになるわけだ」

ほら、とスマホを見せる。

「本当だー。なんかだっさいなー。一気にモチベダウンなんだけど」

「そう言われても仕様だからな」

「その二択なら風斗で決定っしょ。漆田って呼ぶことないし」

ギルド名が〈風斗チーム〉に決定した。

麻衣をギルドメンバーに加え、拠点の所有権を変更する。

ついでに拠点の入場制限も「ギルドメンバーのみ」に変えておいた。

「これで麻衣も拠点の編集ができると思うよ」

「試してみる！」

麻衣は拠点の奥の壁にスマホを向ける。

「拡張するよー、せーの！」

次の瞬間、壁の奥行きが2メートルほど伸びた。

「ここまできたら驚かないと思ったが……普通に驚くものだな」

「私はこの調子で二人分の個室を作るねー、あとトイレも！」

「なら俺は食器を洗っておこう」

麻衣が「お願いねー」と拠点を拡張していく。

俺は作業を始める前に拠点を出て、外壁に沿って洞窟を一周した。奥行きを拡張したことで後ろの木々がどうなったのか気になったのだ。

結果は変化なし。木々は拠点の拡張前と何ら変わりなかった。洞窟内をどれだけ拡張しても外観は変わらないようだ。不思議である。

「さて、俺も自分の仕事を終わらせよう」

拠点の拡張機能を使って蛇口を設置することにした。

蛇口は壁の好きな場所に取り付けられる。費用は1万ｐｔ。

「この辺でいいか」

どこに付けようか悩んだ結果、入口のすぐ傍に設置。石の壁から蛇口が生えた。

「こんなんで本当に水が出るのか？」

試しにレバーハンドルを上げてみる。

すると、ジャボジャボと水が出た。水道が繋がっているわけでもないのに。

「これで皿洗いができるな」

洗剤とタワシを買って食器を洗う。シンクがないので、汚れは地面に一直線。

後で拠点の前に穴でも掘って流し込もう——と、思ったのだが。

「なんだこりゃ」

地面に垂れた水や汚れ、洗剤の泡が消えていく。吸収されるように。

蛇口の水を止めると、ものの数秒で水浸しの地面が乾いた。

「なんつー機能だ」

「なになに、どしたのー？」

麻衣が戻ってきた。

俺は今しがた見た光景について説明し、実演して見せた。

「すごっ！　これだったらシンク不要じゃん！」

「そうなんだよ。水もおそらく使い放題だ」

「水力発電で億万長者になれる！」

麻衣の冗談に、「小学生かよ」と笑った。

「こっちの作業は終わったけど、麻衣は？」

「私も終わったよー！　がっつり拡張したから見に行こ！」

「了解」

麻衣と奥に向かう。通路の天井には照明が備わっていて明るかった。

「照明の設定はスマホで変えられるよ、コクーンの〈拠点〉からね」

「覚えておこう」

「ここはトイレ！」

突き当たりに到着。壁には扉が付いており、左右に通路が続いている。

麻衣が「ドーン！」と謎の効果音を口ずさみながら扉を開けた。

出てきたのは一般的な洋式トイレだ。痔《じ》に優しい洗浄機能付き。

「トイペは1ロール100ptだから大事に使うんだよ！」

「安心しろ、俺は洗浄機能に依存しているから大して使わん」

「えらい！」

続いて各自の部屋に向かう。

部屋は左右の通路を進んだ先にあった。扉はなく、ポツンとシングルベッドが設置されている。部屋の広さは6～8帖《じょう》といったところ。

「とりあえずベッドだけ設置したよ。あとの家具はお好みで！」

「扉は？」

「設置するのに1万もかかるから今はまだ」

「なるほど」

「とまぁこんな感じなわけ！　どうでしょ？」

「いいんじゃないか。床が岩肌で部屋っぽくないが、絨毯《じゅうたん》を敷いて壁紙でも貼ればそれっぽくなるだろう」

麻衣は「うんうん」と満足気に頷いた。

「あとは部屋割りだけど、風斗は希望ある？」

「よければ今いる左側の部屋が欲しい。家でも入って左側が俺の部屋だったから」

「じゃ、私はあっちの部屋をもらうねー」

俺は何もない部屋を見渡した後、ベッドに腰を下ろした。

「風斗はもう寝る感じ？　まだ19時40分だけど」

「そうだな、疲れたし休んでおきたい。2時に起きる必要があるし」

深夜2時から4時の間に出現するという徘徊者。その存在を確認するのが、現時点では何よりも重要だ。

「じゃあ私も寝よっと。汗でべたついて寝付き悪そうだなぁ」

「風呂も設置しておくか？」

「したいけど、今はポイントが足りないよ」

「俺のほうに2万ちょっとあるぞ」

「それだと心許《こころもと》ないからやめとこ」

「了解」

「あとポイントは必要最小限を自分で持つようにして、残りはギルド金庫に預けようよ。金庫のお金はギルメン同士で共有できるし」

「分かった。1万だけ突っ込んでおくよ」

「私も1万だけ入れておいたよ。じゃ、おやすみー」

麻衣が自分の部屋に向かって消えていく。

俺は3，000ptでパジャマを買い、それに着替えてベッドに入った。スマホのアラームを深夜1時45分にセットして目を瞑《つぶ》る。

「人生で最も不思議な一日だったな……」

意識を夢の世界へ集中させる。疲れが溜《た》まっているからか、思ったよりもすぐ眠れそうだ。

しかし、いよいよ夢の世界へというところで邪魔が入った。

「風斗、起きてる？」

パジャマ姿の麻衣がやってきたのだ。

「どうかしたのか？」

照明をつけて体を起こす。

「よかったら私も一緒のベッドで寝ていい？」

「えっ」

「こういう環境で一人だと不安で……」

そんな風に言われると断れない。不安なのは俺も同じだ。

「い、いいけど」

「よかった、ありがとう」

麻衣がベッドに入ってくる。

俺は平静を装うが、今にも心臓発作を起こしそうなほど焦っていた。
彼女いない歴＝年齢の童貞野郎には壮絶過ぎる展開だ。

【ギルドの方針】

一人で使っても大して広くないシングルサイズのベッド。そこに二人で入っているのだから、否応なく密着状態になる。

高鳴る鼓動、鼻孔をくすぐる女の香り、俺は爆発寸前だった。

「ごめんね、お邪魔しちゃって」

麻衣はこちらに背を向けてスマホを操作し、照明を消した。

「そ、そそ、それは、気にしなくていいよ」

俺も彼女に背を向けたまま答える。

「私が一緒だと緊張する？　声が震えているみたいだけど」

「し、しねぇし！　声もふる、震えていない！」

虚しい否定だ。誰が聞いても嘘と分かる。声が震えている自覚はあった。童貞を卒業できるかもしれない。もはや他の事は考えられなかった。

「私は緊張しているよ」

「え、それって……」

「だって緊張するじゃん？　同じベッドで寝るんだから」

「ま、まぁ、そうだけど」

麻衣は妙な間を置いてから言った。

「……変な気、起こさないでね？」

「だ、大丈夫だって！　そういうのじゃないから！　俺！」

「ありがと、じゃ、おやすみ」

「お、おう、おやすみ」

完全な静寂が場を包む。

（まさかマジでこのまま何もなく寝るのか？　いや、流石にそんな……）

一世一代の好機が無情にも終わろうとしている。隙あらば女の話をしているモテ男連中なら続きがあるはずだ。

なにせこれは完全な据え膳。食わぬは男の恥というものではないか。

（待てよ、そういえば……！）

ふと思い出す。数週間前、たまたま麻衣の配信を観た時のことだ。彼女は男性視聴者からの恋愛相談に答えていた。

相談内容は、まさに今の俺と同じような状況について。

『同じベッドで寝るのは期待しているからなのよ。そういう状況になったらね、女は覚悟しているわけ。そりゃ口では変な気を起こすなとか襲うなとか言うよ？　でもね、本当は襲ってほしいの。優しく撫《な》でて、キスして、なんかもう色々してほしいわけよ！　何もしないのが優しさだと思っているなら大きな間違い。それは只の根性無しだよ。そんな男はダメ！　今度から勇気を出して襲ってあげて！』

そう、彼女は襲えと回答していたのだ。しかも熱弁していた。

（麻衣はその気なんだ！）

都合のいい記憶が追い風となり、硬直していた体が動き出す。後のことなど考えず、俺は体の向きを反転。

（でも、どうすればいいんだ？　まずはキスか？　いや、違う。抱きつけ！　後ろから抱きつくんだ！　そっと！　優しく！）

脳内で展開を想定する。イメージが固まったら実際に行動へ。

「麻衣……！」

ゆっくり腕を伸ばす。

それに対する麻衣の反応は――。

「Zｚｚ……Zｚｚ……」

「え、もしかして、眠っている？」

「Zｚｚ……ビーフストロガノフばかり食べられないってばぁ……Zｚｚ……」

完全に寝ていた。夢の中でビーフストロガノフを食べまくっているようだ。

「なんだそら」

俺は「ぷっ」と笑い、麻衣に背を向けた。相手が寝ている以上、もはやその先は普通に寝る以外ありえない。童貞の卒業式は現実には起こらなかった。

先程までの興奮が一瞬にして冷めていく。それと同時に眠気が押し寄せてくる。

次の瞬間には意識が飛んでいた。

◇

深夜1時45分、アラームの音によって目が覚めた。鳴る前に起きるだろうと思ったがそんなことはなかった。平和ぼけしているのだろう。

麻衣と共にフェンスまで移動する。数時間の睡眠を経て完全に回復していた。

「作戦を確認しよう」

「ほいさ！」

「基本的には防壁が破られるまでここで待機だ」

「防壁の中から外には攻撃できないんだよね？」

「うむ」

防壁は敵だけでなくこちらの攻撃も阻む。徘徊者と戦うなら外に出る必要があった。

「防壁が破られたらフェンスを盾にして戦う。俺は網目から槍で突くから、麻衣は〈マイリスト〉を開いて即座に修復できるようにしておいてくれ」

「任せて！」

「とりあえず以上だけど質問は？」

「特になし！」

「じゃあ2時まで待機だな」

俺たちはフェンスの後ろで腰を下ろす。まずはスマホでニュースサイトを確認。

案の定、俺たちの失踪が大々的に報じられていた。ゴシップ好きの下世話な週刊誌まで反応している。鳴動高校集団失踪事件の再来ではないかと主張する記事もあった。

SNSもこの話題で持ちきりだ。俺たちの集団転移と鳴動高校の事件を関連付けている者がちらほら。ただしこういった意見は少数派であり、陰謀論として扱われていた。

日本を席巻《せっけん》する話題の渦中に自分がいるというのは不思議な気分だ。

「ねね、風斗」

「ん？」

「私たちのギルドはどういう方針でやっていくつもり？」

「方針って？」

「例えばメンバーを積極的に増やすのかどうかとか」

「特に考えていなかったな」

「じゃあ今考えてみて」

「急だな、何かあったのか？」

「グルチャを見たら分かるけど、ギルドに所属する動きが加速しているんだよね。だから私たちも何かしらの意思を表明したほうがいいかなって」

「ふむ」

グループチャットを確認すると、たしかに麻衣の言う通りだった。どこかの誰かが作ったテンプレートを使って、多くのギルドがメンバーを募集している。逆に新規メンバーを募集していないと明言しているギルドもあった。

「麻衣がどう考えているかは分からないけど、俺はメンバーを増やすことに消極的だ。少人数のほうが素早く動けるし、余計なトラブルも起きにくい」

「でも大人数のほうが心強いよね。魔物や徘徊者と戦う時は特に」

「一理ある。だからずっと二人きりなんじゃなくて、じわじわ増やしていきたい」

「いいんじゃない？　賛成だよ」

「なら表向きは募集していないことにしよう」

「気に入った人間をこっちからスカウトするわけだね」

「そうだ」

俺はテンプレートをコピーして編集。ギルドの情報を入力してチャットに投稿した。

【名前】風斗チーム
【人数】２人

【拠点】有
【場所】非公開
【募集】していない
【備考】特になし

我ながら最低限の情報しか書いていないと思った。だからといって浮いてはいない。他にも同じようなギルドが存在しているからだ。

少人数で拠点を持っているギルドは同じようなタイプが多い。拠点の乗っ取りなどのトラブルを警戒しているのだろう。

「投稿完了っと」

グループチャットのログを読んでいく。

すると、あることに気づいた。

「メンバーを募集しているギルドって拠点を持っていないところばかりだな」

「場所にもよるみたいだけど、拠点を手に入れるのには少なからず苦労するからね。頑張ってゲットした拠点をほいほいと使わせたくないんじゃない？」

「なるほど」

おそらく麻衣の言う通りだ。その証拠に、拠点を持ちながらメンバーを募集しているギルドの多くが条件を定めていた。

条件は主に「毎日ポイントを納めること」というもの。額は1〜3万が多い。

「風斗はこれからどうなると思う？」

「どうとは？」

「私たちを含む転移者の動向よ。島の広さを考えると皆で合流するのは難しいでしょ」

「まぁな」

「だったらギルド単位で帰還を目指すのかな？」

「そうなるんじゃないか。実際、グループチャットではその方向で話が進んでいる」

「やっぱりそうだよねー」

俺たちを含む転移者の目標は一つ。ポイントを貯《た》め、船で島を脱出することだ。

「各々で帰還を目指すことに反対なのか？」

「ううん、そこは賛成だよ。下手に合流するよりいいと思う」

「それにしては何だか煮え切らない様子だな」

「うーん、煮え切らないわけじゃないのよ。ただ、皆が皆、帰還したいと思っているわけじゃないと思うんだよね。中にはこの島で過ごしたいって人もいるんじゃないかなって」

「そんな奴いるか？　病院がないから病気になったらおしまいだぞ」

「それはコクーンで解決できるでしょ。〈ショップ〉に万能薬があるし。何でも治るって商品ページに書いてあったよ」

「普通ならそんな詐欺臭い文言は信じないが、この島だと本当に何でも治りそうだな。そ

「でしょ。で、ちょろっと活動すりゃ生活に必要なポイントは稼げる。だったら帰還しなくてもいいって考える人がいてもおかしくないじゃん？」

言われてみればそうだな、と思った。麻衣のような成功者はともかく、俺のような人間はこの島で過ごした方が快適な可能性だってある。

「考えもしなかったよ。麻衣って思慮深いんだな」

「いやいや、ただ妄想が激しいだけだから」

ははは、と笑って流した。

「雑談は終わりにしよう。時間だ」

スマホの時刻が1時59分から2時00分に切り替わろうとしている。

残り10秒……9秒……8秒……。

そして、運命の2時00分――。

「鳴動高校の時と同じなら徘徊者が出るはずだ」

と言った、まさにその時だった。

「グォオオオオオオオオオオ！」

「グォオオオオオオオオオオ！」

「グォオオオオオオオオオオ！」

遠くから威圧的な咆哮《ほうこう》が響く。

静寂に包まれていた拠点の外が騒がしくなった。

【予想外の徘徊者】

深夜2時になった瞬間、明らかに空気が変わった。

「風斗、コクーンのアイコンを見て！」

「分かり易《やす》く危険を示しているな……」

アイコンの繭が真っ赤に染まっていた。血塗られたように。

「グォオオオオオオオオオオオオオオオ！」

再度の咆哮。そして――。

「何か来るぞ！」

謎の生物がこちらに向かって突っ込んできている。暗くてよく見えないが、シルエットは人に似ていた。それでも一目で人ではないと分かる。

距離が縮まると違いがより鮮明になった。顔が異常に大きかったり、腕が四本あったり、翼が生えていたり。

徘徊者だ。

「グォア！」

最初の敵が防壁にぶつかった。まるでパニック映画のゾンビのように、続々と他の徘徊者も押し寄せる。

あっという間に防壁の向こうが徘徊者で埋まった。半透明の青い防壁を必死になって叩いている。

「やべぇ……」

恐怖と衝撃で軽く思考停止に陥る――が、すぐに立ち直った。概ね事前の想定通りだったからだ。前情報がないとやばかった。

「防壁の耐久度はどうかな」

震える手でスマホを操作。防壁のＨＰが1，０００ほど減っていた。

時刻は2時1分35秒。

「敵が防壁の前に群がるまで約30秒。それから1分かけて防壁をフルボッコにした結果、受けたダメージは約1，０００ｐｔ。先人のサイトが正しければ、徘徊者は深夜2時から4時までの2時間、つまり１２０分で消えるわけだから――」

脳内でサッと計算する。

「――この調子なら防壁が耐えてくれそうだな」

「おお！」と歓声を上げる麻衣。その顔は安堵《あんど》に満ちていた。

「気を抜くのはまだ早いぞ」

「そっか、この調子だと大丈夫ってだけで、まだどうなるか分からないもんね」

「始まったばかりだからな。とはいえ、敵の攻撃が今より激しくなるとは考えにくい。既に後ろの奴等が何もできずに立ち尽くしているし」

防壁前の徘徊者が邪魔で、大半は何もできずに群がるだけだ。徘徊者の数は早くも計測不能の域に達しているが、その全てが防壁に攻撃できるわけではない。

防壁に攻撃できる徘徊者の数は10体。どれだけ徘徊者が増えても、その点が変わることはなかった。俗に言うボトルネックだ。

敵が防壁を突破したいなら、単体の火力を高める必要がある。

「鉄のフェンスとか立てて損した感じ」

「いやいや、そんなことないぞ。備えあれば憂いなしだ」

余裕があるので敵の火力を調べることにした。

まずは攻撃速度から。１体の徘徊者に注目し、スマホのストップウォッチで計測。

「グォ！　グォオ！」

両腕を防壁に叩きつける徘徊者。その動きはとても遅く、タイマンなら余裕で避けられる。

「ちょうど3秒だな、振り上げた腕を叩きつけるのにかかる時間」

これは他の徘徊者も変わらない。出来の悪いゲームのように、見た目が違っても同じモーションで同じように攻撃する。しかも常に一定の速度。まるで機械だ。

「防壁に攻撃できる徘徊者の数は10体で、そいつらが3秒に1回攻撃する。つまり防壁は

1分間に200回の攻撃を受けるわけだ。それで1，000ダメージだから――」

ここまで導き出したら、あとの計算は小学生にだってできる。

「こいつらの一撃は5ダメってところか」

おそらく間違いないだろう。防壁のHPを見ると、一の位は0と5以外に表示されていない。一撃が5ダメ以外なら他の数字も表示されるはずだ。

「20分経《た》ったけど変化ないね」と麻衣。

俺が徘徊者の火力を調べている間、彼女は防壁のHPを注視していた。

「防壁の残りHPは11万前後ってところか？」

「11万5，000を切ったところだね」

「楽勝だな」

張り詰めていた緊張の糸が緩む。だからといってこの場を離れるわけにはいかない。最低限の警戒は必要だ。

「麻衣、しばらく防壁の状態を注視し続けてもらっていいか？　俺はグルチャの様子を確認したい」

「オッケー。それが済んだら代わってね」

俺はその場に座り込み、壁にもたれてグループチャットを開いた。

ヤスヒコ：徘徊者ちょろくて草　下でワラワラしてんのは怖いけど

みーたん：こっちも余裕ー！　拠点あると快適だよ皆！
TAKERU：拠点いいなー。あ、みーたんどこにいるの？　アイコン可愛いね！
みーたん：ありがと（笑）　どこかはみーも分かんなぁい
TAKERU：地図を開いて座標ってボタン押したら見れるよ
キッシー：分かるけど言いたくないだけだろ、察しろ。つか空気読め
TAKERU：ごめん

他所のチームも余裕そうだ。

拠点勢と樹上勢の両方から「問題ない」という報告が続出している。

中には徘徊者と戦っている連中もいた。やばくなったら防壁内に逃げ込むそうだ。

徘徊者を倒すとポイントが貰えるらしい。単体の額は話にならないが、数が多いのでそこそこ儲かるとのこと。さらに【戦士】というスキルも習得できるそうだ。

これはサイトに載っていなかった情報だ。というより、「徘徊者は倒してもポイントにならない」と書いてあった。やはり鳴動高校の時と今回では仕様が異なっている。

「徘徊者って簡単に倒せるらしいぞ」

「そうなの？」

「バットで軽く殴ったら死んだとか、そういう報告が出ている」

「おー」

俺はグループチャットを閉じ、防壁の耐久度を確認した。

開始から40分になるが変化なし。規則正しく毎分1，000ダメージで推移している。

「代わろう。防壁は俺が監視しておくよ」

「ほいさ！」

麻衣は待っていましたとばかりに動きだした。フェンスを斜めにずらし、できた隙間を通って防壁に近づく。

「おい、何をするつもりだ」

「決まってるっしょ！　記念撮影！」

なんと自撮りを始めた。徘徊者の群れをバックにシャッター音を連発させている。我が目を疑った。

「ネットに上げられたらバズるのになー」

流石はインフルエンサーだ。落ち着くなりバズることを考えているとは。

「危険だから戻ってこい」

「分かってるってば！」

麻衣が軽い足取りで戻ってきた。

「ドラマだったら今ので死んでたぞ」

「でも現実だから死なないんだなぁ、これが！」

悪びれる様子がない。

「そんな調子だといつか事故っても知らないぞ」

「自己責任、自己責任♪」

俺は「やれやれ」とため息をついた。

そんなこんなで一時間が経過。深夜3時になった。

防壁の残りＨＰは約7万5，000。

「変化なしか」

「もう大丈夫っしょ！」

「そんな感じがする」

「これだけ暇だと寝ちゃいそうだし何か話そうよ」

「賛成だ」

俺たちは左右の壁に座って向かい合う。

「風斗のこと教えてよ」

スマホを地面に置く麻衣。珍しく画面を下に向けている。

今は彼女が防壁を監視する番だが……まぁいいか。

「何を教えればいい？　趣味とか？」

「趣味っていうか、休日に何しているとか」

「普通だよ。家でゲームしたり、暇つぶしに出かけたり」

「ファッションとか興味ある？」

「いや全然」

「じゃあ彼女は？　彼女いる？」

「いないよ、いたこともない」

「えー、いそうなのに」

俺は「ふっ」と笑った。流石に分かり易すぎる嘘だ。

「好きな子とかいないの？　いるならセッティングしてあげよっか？」

「気持ちはありがたいけど、好きな人も特にいないな」

麻衣は「ふーん」と言い、そのまま黙る。俺の受け答えが酷すぎて飽きたのだろうか。

（こっちからも質問するべきだよなぁ）

そんなことを考えていると、麻衣が再び口を開いた。

「だったら何で襲ってこなかったの？」

「え？」

「さっき。一緒のベッドで寝てたのに何もしなかったじゃん」

「いや、それは……」

言葉に詰まる。襲おうとしたけど寝ていましたよね、とは言いづらかった。

「ま、麻衣は、そういうの、期待していたの？」

「期待というか、覚悟はしていたよ」

「覚悟……」

「風斗くらいの男子って性欲がすごいんでしょ？　だから、まぁその、風斗ならいっかなぁとは思ったよ」

「なっ……！」

やはり手を出すべきだった。

「ま、麻衣が寝ていなかったら、もしかしたら、俺も、何かしていた、かも！」

「寝ていなかったけど？」

「え、でも、寝息を……」

「寝たふりだよ」

「そんな……だって寝言もあんなに……」

「ビーフストロガノフのやつ？　あれは寝たふりって分かるように言っていたんだけど、もしかして信じちゃったの？」

麻衣が「ありえないでしょ」と笑う。

「マジかぁ」

つまり俺は、完璧なる据え膳を逃してしまったわけだ。

強く後悔した。深く絶望した。激しく自分を呪った。

「おっとっと、話し込んじゃった。確認確認っと」

麻衣が軽い調子でスマホを見る。

次の瞬間、その顔は真っ青になった。

「なにこれ……」

「どうかしたのか？」

「やばいよ、防壁が壊れそう」

「なんだって⁉」

慌てて立ち上がり、スマホを確認する。

まだ30分ほど残っているのに、防壁のＨＰは1万を切っていた。

「どうなってんだ⁉」

雑談していた30分の間に何があったというのだ。

俺たちは拠点の外を見て原因を探す。

すぐに判明した。防壁に攻撃できる敵の数が増えていたのだ。

人型徘徊者の足下に小さな犬型が追加されていた。そいつらが防壁にタックルを連発している。小さいのに攻撃力は人型と同じだ。

「まずいぞ、このままだと防壁が……」

その時、防壁のＨＰが０になった。

半透明の青い壁が粉々に砕け散る。

「グォオオオオオオオオオオオ！」

「グォオオオオオオオオオオオ！」

「グォオオオオオオオオオオオ！」

大量の徘徊者が拠点に雪崩《なだ》れ込んできた。

【死を覚悟する】

麻衣と作った門扉はあっけなく壊された。苦労して作ったものが数秒でおしゃかだ。

徘徊者の群れがフェンスまで迫ってくる。防壁が崩壊してから目の前に到達するまで10秒もかからなかった。

その僅かな間、俺は妙に冷静だった。

まずは素早くフェンスの状態を確認。本体は鉄製だがそう重くない。ブロックから抜けば軽々と動かせるので重要度は低い。

大事なのはブロックだ。コンクリートで作られていて結構な重さがある。それを何段も積んでいるので易々《やすやす》とは動かない。

(フェンスの脚はブロックに挿してある。これなら大丈夫なはず)

深呼吸する。

「来るよ！　風斗！」

「おう！」

俺はフェンスの網目から槍を伸ばして迎え撃つ。

「グォオオオオオオオオ！」

一体の徘徊者が避けることなく槍に突っ込んだ。穂が顔面に刺さる。血を流すことなく消えた。即死だったせいか手応えがない。グループチャットの情報通り単体ならクソザコだ。

だが相手は単体ではない。数十、数百、それこそ無限にいる。

そいつらが次から次にフェンスへ体当たり。ガンガンと激しい音が響く。

それでも――。

「よし！　止まったぞ！」

相手はフェンスを突破できなかった。網目に顔や体を食い込ませた状態で止まっている。

フェンスは横幅いっぱいに設置しているので隙間から抜けることもない。

「今度はこっちの番だ！」

フェンス越しに槍で突いていく。人型から犬型まで漏れなく一突きで即死だった。

「私も加勢しようか？」

麻衣は左手にスマホ、右手に槍を持って待機している。彼女の任務は〈マイリスト〉を使ったフェンスの高速修復。しかし、現状を見る限り修復の必要はないだろう。

「頼む！　一緒に倒そう！」

「分かった！」麻衣はスマホを懐に戻して隣に立つ。「うりゃー！　えいっ、えいっ！」

「おらぁ！」

二人でブスブスと突いていく。

「本当にあっさり死ぬね、こいつら」

「それに馬鹿だからどうにかなりそうだ」

徘徊者の何割かは自ら槍に突っ込んで死んでいる。この頭の悪さと死んだら消える性質は何かと活かせそうだ。

ただ、詳しく考えるのはこの戦いが終わってからにしよう。いくらフェンスを隔てているとはいえ、今は生きた心地がしなかった。

「もうそろそろ終わる頃か？」

俺が尋ねると、麻衣は攻撃を止めてスマホを確認。

「ううん、まだ3時40分！」

「あと20分もあるのかよ！」

敵が雪崩れ込んできてから10分程度しか経っていなかった。体感では30分どころか1時間近く経過しているというのに。

「麻衣、コンクリブロックは大丈夫か？」

「大丈夫！　ヒビすら入っていないよ！」

「流石は正規品だぜ、耐久度が違うな！」

その後も俺たちは懸命に戦った。減る気配のない敵に絶望しながら。

「こいつら、マジで無限に湧いてきやがるな」

「本当に！　キリがない！」

おそらく残り数分で戦いが終わるだろう。というか、終わってくれないと困る。

俺たちの体力は既に底を突いているのだ。喉はカラカラで、全身は汗まみれ。肉体・精神共に限界を超えていた。

「麻衣！　時間は⁉」

「あと3分！」

「お願いだから4時になったら消えてくれよ！」

最後の力を振り絞る。

「「グォ？」」

徘徊者に変化があった。一瞬、ピタッと止まったのだ。

「「グォオオオ……」」

統率された動きで後退していく。

「終わったのか？」

――否、終わっていなかった。

「「グォオオオオオオオオオオ！」」

足並みを揃えてフェンスにタックルしてきた。最後の猛攻だ。その衝撃は凄まじかったが、フェンスのブロックはびくともしていない。

だが、フェンス本体が耐えきれなかった。ブロックに挿している脚が折れたのだ。外からでは見えない部分にダメージが蓄積されていた。

脚を失ったフェンスなど鉄の板に過ぎない。

「まずい！」

敵の群れに押され、フェンスがこちらに倒れてくる。このままだと二人仲良く下敷きになってしまう。

「逃げろ麻衣！」

俺は咄嗟の判断で麻衣を突き飛ばした。彼女だけでも逃がさねば。

「ぐはあッ！」

フェンスの下敷きになる俺。その上に次から次へ徘徊者が群がる。

重すぎて自力でどうにかすることはできなかった。

「グォオオオオオオオオオオオ！」

「グォオオオオオオオオオオオ！」

「グォオオオオオオオオオオオ！」

徘徊者が俺を喰《く》らおうとしている。

フェンスが防いでいるものの、もはや死ぬのは時間の問題だ。

「風斗！」

麻衣の悲鳴が響く。

「逃げろ麻衣！　逃げるんだ！」

「でも……」

「いいから逃げろ！　逃げてくれ！」

麻衣は目に涙を浮かべたまま後退する。

――と、思いきや。

「逃げないよ！　私！」

なんと槍を構えて突っ込んできた。

「何してんだ！　俺と違ってフェンスがないんだぞ！」

「かまうもんか！」

まさにヤケクソ、捨て身の特攻だ。

「うりゃあああああ！」

麻衣が渾身《こんしん》の突きを繰り出す。

だが、しかし――。

「消えた!?」

徘徊者の群れが一瞬にして消えた。

麻衣は「もしかして……」とスマホを確認し、そして、グッと握り拳を作った。

「やっぱり！　4時になってる！」

鳴動高校の時と同じで、徘徊者は4時になると消滅した。

「やったね、風斗！　私たちの勝利だよ！　ざまぁみろ徘徊者！」

両手を上げて喜ぶ麻衣。

しかし、勝利の代償はあまりにも大きかった。

「それは……よかった……」

俺はフェンスの下敷きになったまま答える。敵が消えたのに自力ではどうすることもできない。戦闘が終わって興奮が冷めたのか、全身が激痛に見舞われていた。

「風斗、どうしたの？　動けないの？」

「どうやら……そう……みたいだ……」

麻衣が慌ててフェンスをどかしてくれる。

体が軽くなったものの、それでも動くことはできなかった。

「ガハッ！」

逆流してきた胃液を吐く。

ところが、吐き出されたのは胃液ではなく血液だった。それも大量だ。

「嘘!?　ヤバイじゃん！　そんな……」

両手で口を押さえて泣き崩れる麻衣。

「すまん……ここまでの……ようだ……」

「やだ、嫌だよ！　風斗！　死なないで！」

呼吸すらままならない。フェンスの下敷きになったことで全身を酷く損傷したようだ。

肋骨《ろっこつ》が折れ、肺は潰れ、他の臓器もボロボロに違いない。

「嗚呼《ああ》……これが死ぬということか……」

視界が外から内に向かって黒に染まっていく。意識も遠のいていく。

「英雄っぽい最期だ……これはこれで……悪くない……か……」

いよいよ瞼《まぶた》が重くなる。閉じたら終わりと思っていても、勝手に閉じていく。

その時、麻衣が唇を重ねてきた——。

【第一章　エピローグ】

幻覚を見ているのかと思った。しかしそれは、幻覚ではなく現実だった。

麻衣は自らの唇を俺の唇に重ねたのだ。

「んぐっ……」

口の中に液体が流れ込んでくる。只のキスではなく口移しだった。

「辛いと思うけど、飲んで」

口移しを終えると、麻衣は俺の口を手で押さえた。強引に飲ませるつもりのようだ。

何が何やら分からないが言われた通りにする。最後の力を振り絞って飲み込んだ。

「ちゃんと錠剤も飲んだ？」

液体の中に錠剤が含まれていたようだが、痛みで感覚が鈍っていて分からない。

なので口を開いて見せた。

「飲んでるね」

麻衣は不安そうな顔で俺の頬を撫でる。

「麻衣……何を……」

「薬。〈ショップ〉で買ったの。何でも治す万能薬。これで回復しなかったら詐欺だよね」

俺は口角を上げた。

「薬でこの怪我《けが》が治るわけ……」

言葉がそこで止まる。元気が溢れてきたのだ。全身の痛みが消えていく。

「風斗の傷が消えていく！」

麻衣がそう言った頃には既に、俺は動けるようになっていた。

ひょいと体を起こして立ち上がる。

「おいおい、マジで治っちまったぞ!?」

「すごっ！　万能薬すごっ！」

現代医学も腰を抜かす薬効だ。

俺たちは通販番組の外国人みたいな驚きようで大興奮。

「本当にもう大丈夫なの？　痛みはない？」

「大丈夫だ！　むしろ絶好調とすら言えるぞ！」

子供のように意味もなく跳ねまくる俺。

麻衣は安堵の笑みを浮かべた。

「よかった……本当によかった！」

「万能薬を試すとはすごい機転だ。おかげで九死に一生を得たよ。ありがとう麻衣！」

思わず麻衣に抱きつく。

彼女は体をビクッと震わせた後、俺の背中に両手を回した。

「な、仲間だからね、私たち。当然でしょ、このくらい。それよりもういいでしょ。いつまで抱きついてるの！」

「わりぃ」

「……あと、口移しで飲ませたことは誰にも言っちゃダメだからね！」

顔を赤くして言う麻衣。

「分かってる」

そう返す俺の顔もおそらく赤い。

「とにかく無事でよかった。あ、風斗は英雄っぽい最期を遂げられなくて残念だったかな？」

「ぐっ……！　そこは触れないでくれ。英雄願望があるわけじゃないけど、身を挺《てい》して戦う自分の姿に『ちょっと英雄っぽいかな』なんて思ったんだよ。ダサいのは分かってる」

麻衣は「あはは」と愉快気に笑う。それから、真剣な表情で俺の目を見て言った。

「風斗、かっこよかったよ。私にとっては最高の英雄だった」

「え？　今、なんて？」

「なんでもなーい♪」

そんなこんなで、俺たちは初日最後のイベントをどうにか乗り切った。

◇

徘徊者を倒してもポイントを得られるという情報は本当だった。

獲得額はノーマルタイプ一体につき500pt。

わざわざノーマルと書いているのだから別のタイプもいるのだろう。ただ、俺たちが倒した徘徊者は例外なくノーマルタイプだった。

また、徘徊者戦は相棒システムが適用されないと分かった。俺と麻衣で〈履歴〉のログが異なっていたのだ。

俺のほうがたくさん倒したので、それだけ多く稼いでいた。徘徊者を倒すと習得できる【戦士】のレベルにも差があった。俺が2で、麻衣は1だ。

徘徊者戦での稼ぎは約10万pt。悪くない。塵《ちり》も積もれば山となる。

そのお金で共用の浴室を設置した。そこのシャワーで体を洗うと再び就寝タイム。

徘徊者戦が終わったので、一緒に寝る理由はなくなっていた。

「夜這《よば》いしたかったらしてもいいよ？　もう夜明けだけど」

そう言って自分の部屋に向かう麻衣。

俺は本当に夜這いしようか悩んだが疲れているのでやめた。いや、疲労は言い訳だ。たとえ元気でも手を出せなかっただろう。おそらく今後も変わらない。

我ながら根性無しだと思った。

◇

朝、拠点前にて――。

「風斗、グループチャットは落ち着いてきた？」

「徘徊者が消えてから数時間も経つと流石にな」

麻衣が朝ご飯の準備を進める中、俺は丸太に座ってグループチャットを確認。

「万能薬の情報が役に立ったようだ」

「おー、私ってば目の付け所が違いますなぁ！」

「ははは、そうだな」

徘徊者戦が終わってすぐは酷かった。拠点勢は防壁を突破され、樹上勢は木が折れるなどして死傷者が続出。被害は甚大で、余裕そうにしている者は殆《ほとん》どいなかった。

そんな中、俺たちは万能薬の効き目がすごいことを皆に教えた。万能薬が外傷にも効くと思っている者は皆無だったので、多くの重傷者が救われることになった。

これが転機となり、グループチャットの雰囲気が徐々に明るくなった。

「万能薬は文字通り万能だけど、それでも限度があるみたいだ」

「そうなの？」

「徘徊者に食いちぎられた腕や脚は復活しないらしい」

「食いちぎられたって……怖ッ」

「ただ傷口自体は一瞬で塞がるから、万能薬を飲めばとりあえず生き延びられる」

「でも腕や脚を失うのって辛いよね……」

俺は「だな」と頷き、話題を変えた。

「今後の方針について、徘徊者戦を経て心境に変化はあったか？　例えばメンバーの数をドカッと増やしたいとか」

「んー、特にないかな。二人だと不安だけど、人を増やしすぎてもそれはそれで嫌だと思うんだよね。だからちびちび増やしていけるのが理想」

「同感だ。なら俺たちは変化なしってことでいいな」

「他所は違うの？」

「メンバーの募集に消極的だった拠点勢の多くが方針を転換しているよ。徘徊者戦は頭数が物を言うからな」

「なるほどねぇ」

「そういや麻衣の友達は誘わなくていいのか？」

「友達？」

「俺はともかく麻衣には友達が多いだろ。学校じゃいつも囲まれているし。全員とはいかないだろうが、近くにいそうな友達を探して誘ってみるのはどうだ？　麻衣の友達なら俺も安心できる」

麻衣は儚《はかな》い笑みを見せた。

「私、友達なんていないよ」

「いやいや、いつも皆と仲良くしているじゃないか」

「あれは上辺だけの関係。友達っていうより只の知り合い。皆、私じゃなくて私の影響力が目当てなんだよね」

「そうなのか？」

「私と一緒にいる姿をＳＮＳに上げたらチヤホヤされるからね。てなわけで、私には友達なんていないので誘う相手もいない！」

どう言えばいいのか分からずに黙る俺。

麻衣は気にしていない様子で作業を進めていく。

「……じゃあさ、俺は？」

「ん？」

「麻衣にとって俺は友達になるか？」

「風斗にとって私はどう？　友達？」

「そのつもりだ。高校で唯一の友達であり、大事な仲間だ」

「私にとっても同じだよ。だから、私を残して先に死なないでね」

「あ、ああ、分かったよ、気をつける」

麻衣は「よろしい」と優しく微笑《ほほえ》んだ。

なんだか嬉しかった。

◇

朝食が終わると俺たちは川に向かった。今後に備えてポイントを稼ぐためだ。

現在の手持ちは二人合わせて約17万。この内10万は防壁の強化で消費する予定だから、自由に使えるのは7万しかない。あまりにも心許《こころもと》ない額だ。

「まさか高校生にもなってコイツを作ることになるとはな」

「私は今回が初めてだよ。バリバリの都会っ子だからね」

川に着くとペットボトルトラップの製作に取りかかった。緑の多い田舎に住む子供なら夏休みに作ったことがあるはずだ。俺もその類《たぐい》だった。

ペットボトルトラップの作り方は簡単だ。大きなサイズのペットボトルを用意し、飲み口を切り落とす。切断した飲み口を逆さにしたら、ボトル本体に差し込んで固定。適当な針でボトルの側面に無数の穴を開けたら完成だ。ゆっくり作業しても数分で済む。

設置方法も簡単だ。ボトルの中に餌を入れたら川に沈めて放置するだけでいい。しばらくして引き上げると獲物が入っている。日本だと。

この島の川魚相手に上手くいくかは分からないが、試してみる価値はあった。

「こんな感じでいいの？」

「いいんじゃないか、たぶん」

「たぶんかい！」

「俺も詳しいわけじゃないんでな」

ペットボトルトラップを作っていると心が躍《おど》った。材料費が200ptなのに対し、作ると約300ptも得られるからだ。作れば作るだけ黒字である。

ついでに【細工師】のレベルが上がるのもありがたい。おかげで俺の【細工師】はレベル3になった。

レベルが上がると獲得ポイントが増える。それがまたモチベーションを高めてくれた。

「数はこのくらいでいいだろう」

「上手くいくといいねー」

手分けしてペットボトルトラップを設置していく。放置中に流されないようボトルの中に石も入れておいた。さらに側面の穴に紐《ひも》を通し、川辺に設置した重石《おもし》に括《くく》り付ける。

「次は漁だな」

「風斗に任せた！」麻衣は大きな岩に座ってスマホをポチポチ。

「はいよ」俺は苦笑いで答え、石打漁を始めた。

せいやっ、と勢いよく放り投げた岩が、昨日設置した岩にぶつかる。

周囲の魚が失神して浮かんだ。

「麻衣、回収の時間だぞ」

「ごめん、ちょっと一人でやってもらっていい？」

スマホを見たまま答える麻衣。何やら忙しいようだ。

「あとで埋め合わせしろよー」

「ほいほーい」

たも網を使って川魚を捕獲していく。毒々しい色の魚も見慣れると何とも思わなかった。

「終わったぞー」

「お疲れ様！」

「石打漁は俺が一人で完遂したけど、ポイントはそっちにも入るの？」

「入っていないねー。ペットボトルトラップの製作費は共有されているけど」

「同じ作業をする必要があるんだな。近くにいるだけじゃダメなんだ」

「そうみたい」

麻衣は岩から降りると、スマホを俺の足下に向けた。

「頑張った風斗君にご褒美をあげよう！」

ピカピカの運動靴が召喚された。

「買ったのか」

「只の靴じゃないよ！　ちょっとお高いやつで2万もした！」

「高ッ！　安いのだと5，000ptくらいであっただろ」

「この島で生活するなら靴はケチらないほうがいいと思ってね」

「たしかに」

今までずっと上履きだから辛かった。砂利道《じゃり》を歩くだけで痛みが走り、足の裏から悲鳴が聞こえていた。

「それにしても奮発したな」

「臨時収入があったの」

「臨時収入？」

「なんかデイリークエストが発生していたらしくて、その報酬で5万も入ったんだよね。たぶん風斗のほうも発生しているんじゃない？」

「マジか」

すぐさま確認するも、それらしいポイントは見当たらなかった。〈履歴〉だけでなく〈クエスト〉も確かめたが、デイリークエストなど存在しない。

分かったのは石打漁によって【漁師】のレベルが3に上がったことだけだ。

「デイリークエストの報酬はいつ入ったんだ？」

「たぶん風斗が石打漁を始める直前だと思う」

「ペットボトルトラップを作り終わった頃か。クエストの内容は？」

「道具を作る……って、分かった！　スキルレベルのせいだ！」

麻衣がスマホを見せてきた。

【内容】道具を5個製作する
【条件】細工師のスキルレベル5以上
【報酬】50，000pt

「なるほど、そういうことか」

「さっきのトラップ作りで【細工師】が5に上がったみたい」

「昨日一人で槍を作ったおかげだな」

「そんなわけだから靴は私の奢《おご》りってことで！」

「サンキュー！」

さっそく買ってもらった靴を履いてみる。

「うおおおお！」

履いた瞬間に効果が分かった。足への負担が大幅に軽減されている。

わざわざ歩くまでもないが、歩くとさらに感動した。砂利の上なのに何も感じない。

にもかかわらず、さながら裸足《はだし》でいるかのような軽さだ。

「こいつはすげぇ！」

「見ていたら私も欲しくなっちゃった」

ということで、麻衣は自分用の靴を購入。そして――。

「なにこれ！　軽すぎなんだけど⁉」

俺と同じように大興奮。

「いやぁ、やばいなこれは！　これならマウンテンバイクに頼らずとも遠くまで行けそうだ。まぁ行けそうなだけで、マウンテンバイクのレンタルは続けるけど」

麻衣は「あははは」と愉快気に笑うも、すぐに表情を正した。

「遠くまで行けるってので思い出したんだけど、グループチャットで集まらないかって呼びかけている人らがいるじゃん？」

「徘徊者対策で複数のチームが合流しているようだな」

「その内の一つ、栗原《くりはら》って人の呼びかけなんだけど、集合場所がここからチャリで一時間程度の距離なんだよね」

「わざわざ言うってことは栗原と合流したいのか？」

「様子を見に行ってもいいんじゃないかとは思う。美咲《みさき》先生がいるみたいだし、相手も拠点持ちだからね。拠点があるなら私たちの拠点を奪おうとは思わないでしょ？」

美咲先生とは俺たちの担任教師のこと。新米教師ながら生徒からの人気が非常に高い。

「ま、そういうことなら行ってみるか。合わなかったら抜ければいいだけだしな。近くで活動している連中のことを知るいい機会になりそうだ」

「それ！　私が言いたいのはまさにそれ！」

「そうと決まれば今すぐ出発だ。座標を教えてくれ」

「ほーい」

麻衣から聞いた座標を〈地図〉に打ち込む。

目的地を頭に叩き込んだらマウンテンバイクに跨がった。

「ヘルメットは被ったな？　行くぞ」

「被ってないけど行きまーす！」

不安と期待が渦巻く中、俺たちは森の中をかっ飛ばした。

第二章

【第二章　プロローグ】

三年の栗原が指定した場所が近づいてきた。

「おいおい、なんだここは！」

驚いて止まる俺たち。前方に広がっているのは森ではなく草原だった。いや、サバンナと呼ぶほうが適切かもしれない。とにかく開けた地帯だ。

「〈地図〉にサバンナなんかあったか？」

「なかったと思うけど……」

森を抜けたところで〈地図〉を確認する。

案の定、アプリ上では森が続いているようにしか見えなかった。

「ゴーグルマップと違って本当にへっぽこだな、コクーンの地図アプリは」

「こういう場所が他にもありそうだね」

なんにせよ見通しがいいのはありがたい。おかげで魔物の姿がよく見える。

ゾウやキリン等、定番の動物を模した奴等が跋扈《ばっこ》していた。

「目的地はあそこだな」

遠くに二つの洞窟が見える。仲良く連なっていて、その前には数十人の生徒。誰かが指示したのかマウンテンバイクが綺麗に並んでいた。周囲の魔物に警戒しつつ近づく。

到着すると、そこにはまずい人物がいた。

「おっ、雅人じゃん！」

三年の吉岡だ。俺に向かって「よっ！」と手を振っている。

彼は俺の名前を牛田雅人と思い込んでいた。

（やべっ！　すっかり忘れていたぜ、吉岡のこと）

吉岡の存在を覚えていたら来なかった。

何せこの場には三年だけでなく二年もいるので——。

「漆田じゃん！」

「マジで漆田が麻衣と一緒にいるし！　どういう組み合わせ!?」

一瞬にして嘘がバレてしまう。

吉岡は眉間に皺《しわ》を寄せ、「漆田？」と首を傾《かし》げた。

「お前って牛田雅人じゃ？」

「雅人じゃなくて風斗だよ、吉岡。俺は漆田風斗」

何食わぬ顔で言ってのける俺。

「マジ？　前に会った時は牛田雅人って言ってなかった？」

「響きが似ているから聞き間違えたんじゃないか？」

「マジかぁ。すまん！　間違って覚えていたわ！」

　傍に居る吉岡の仲間たちも、「俺も雅人だと思っていた」と続く。

「皆が聞き間違えているってことは俺の滑舌が悪かったのだろう。むしろ誤解させてすまなかった」

「いや、いいよ、気にすんな」

　吉岡は話を切り上げ、他の連中と話し始めた。

（ホッ。どうにか切り抜けることができた）

　吉岡たちが過去の会話を振り返ったら、俺が意図的に偽名を名乗っていたとバレる。「拠点を持っていない」と嘘をついたからだ。

（やっぱり嘘ってのはつくもんじゃねぇな）

　この一件を肝に銘じておこう。

（それにしても視線を感じるな……）

　マウンテンバイクを皆と同じように停《と》めて周囲を窺う。

　視線の主は金髪美人の弓道部部長こと弓場由香里だった。

「…………」

　由香里は何も言わずにジーッと俺を見つめている。

「どうも」

　とりあえず挨拶しておく。

由香里の返事は「うん」だけだった。

（何か話したほうがいいのかな？）

麻衣に相談しよう――と思ったが、それは無理だった。

「漆田と二人で何かあったー？」

「あるわけないじゃん！　だって漆田だよ？」

「だよねー！　徘徊者戦で漆田を救ったんでしょ？」

「死にそうになってたから強引に万能薬を飲ませてやったよ」

「なにそれウケる。漆田より麻衣のほうが強いじゃん！」

「そりゃインフルエンサーですから！」

「それ関係ある？」

「「きゃははは！」」

麻衣は早くも他の奴等と打ち解けていた。同級生とは気さくに話し、一年や三年とは記念撮影をしている。まるでスターだ。

（あれで上辺だけの付き合いなのか……）

とても信じられなかった。麻衣の演技はプロ級で、楽しそうにしか見えない。

「風斗」

突然、由香里に名を呼ばれた。

いきなりだったので「はひっ」と変な声が出る。

物。

「俺に何か？」

「実は……」

由香里が何か言おうとする。

しかし、その時――。

「そろそろいいだろう」と、洞窟から男が出てきた。

黒のドレッドヘアが特徴的で、身長は190センチを超える大柄。髪型もさることながら目つきが悪く、さらに筋肉質なので威圧的だ。こういう機会でもなければ生涯無縁の人物。

「俺がグルチャで呼びかけた三年の栗原だ」

大男が自分の胸に右手を当てて話す。

彼の後ろには8人の生徒と担任の高原《たかはら》美咲がいた。

俺を含む男子の視線は、栗原よりも美咲に向いている。

彼女の身長はどの生徒よりも低い140センチ台半ばで、髪は黒のロング。実年齢が23歳と若い上にロリ顔なので、そこらの生徒よりも子供っぽい。白のブラウスに黒のタイトスカートという格好により辛うじて教師と分かる。服をぶち破りそうな豊満な胸は、男子の目を釘付《くぎづ》けにしていた。

「時間になったしギルドの説明をしていくぞ」

栗原は親指で背後の洞窟を指した。

「俺たちは幸いにも二つの洞窟を押さえている。せっかく二つあるのだから、片方を女子用、もう片方を男子用として使うつもりだ。ジェンダーレスっていうのか？　昨今のそういう考えにはちょっと反してしまうかもしれないが、やっぱり女子からすると知らない男子と同じ拠点ってのは不安だと思うんだ」

悪くない考えだ。

多くの女子から喜びの声が上がる。「素晴らしい」と拍手している者もいた。

男子のほうは何も言わないが、不満そうな顔をしている者がちらほら。

「日中の活動は基本的に自由だ。ギルメンに声を掛けて狩りに出かけたいならそうすりゃいいし、一人で過ごしてくれたっていい。俺たちが求めているのは夜に出てくるヤベー奴、えーっと……」

栗原が「何だっけ？」と後ろの男子に尋ねる。

男子が「徘徊者」と小さく答えた。

「それだ！　徘徊者との戦いだけ協力してほしい。これだけ人数がいるならローテーションを組んでやっていけるだろう。今の人数だと二日に一回の頻度で徘徊者と戦ってもらうことになる」

栗原や彼の後ろにいる生徒や教師を除くと、この場には42人いる。二日に一回ということは、約20人に分けて戦うわけだ。洞窟は二つあるので10人ずつ配置するつもりだろう。

この点も異論は出なかった。洞窟の通路は狭いので多すぎると邪魔になる。

「なぁクリ、ちょっといいか？」

吉岡が手を挙げた。クリと呼ぶくらいだから親しい間柄なのだろう。

「どうした？」

「戦うのは俺たちだけか？　クリや後ろの拠点確保組は戦わないのか？」

「もちろん戦うぜ、俺たちAランクもな」

「Aランク？」

「ちょうど説明するところだった」

栗原は咳払《せきばら》いをしてから話す。

「俺たちはランク制を採用するつもりだ。拠点を手に入れるために戦った奴等は俺を含めてAランク。お前たちはBランクで、明日以降に参加したメンバーはCランクだ」

「ランクによって何が変わるんだ？」

「上納金の額と徘徊者戦の参加頻度だ。Bランクのメンバーには拠点の維持費を負担してもらう。維持費は2万だから、一人当たり500ほどギルド金庫に入れてもらう。Cランクは1万だ」

これも妥当な条件。むしろ寛大。Bランクの上納金なんてあってないようなもの。

問題は徘徊者戦の参加頻度。

「徘徊者戦に参加するAランクは一日一人だけだ。Aランクの人数は10人だから、十日に一回だけ戦うことになる」

Bランクが二日に一回なのに対し、Aランクは十日に一回。

不満そうな生徒もいるが、個人的にはそれほど気にならない。どちらかといえば、「思ったより優しい条件だな」というのが率直な感想だ。俺が栗原の立場ならもっと厳しい条件を課していた可能性が高い。

「あとギルドの加入・脱退は自由だ。合わないなら抜けてくれていい。ただ、脱退する時は脱退金として30万ｐｔを支払ってもらう」

これには動揺が走った。しかし、ここでも文句を言う者はいない。

「他に何か質問は？」

すかさず吉岡が手を挙げた。

「拠点の拡張は好きにしてもいいのか？」

「もちろん。ただし、拡張に必要なポイントは自分で負担してもらうがな」

ここで栗原が「あー、そうだった」と何かを思い出したように言った。

「あえて言う必要もないと思うが一応言っておく。ギルドの方針はAランクのメンバーが話し合いで決める。決定に異論は認めず、必ず従ってもらう。場合によっては、今後、色々と条件が変わるかもしれない」

「それってつまり、上納金の額を引き上げる可能性もあるってことか？」

誰もが気になったであろうことを尋ねる吉岡。

栗原は即座に「それはない」と断言した。

「Bランクの上納金は拠点の維持費を頭数で割った額で固定だ。ここは絶対に変えないと約束しよう。Cの上納金は状況に応じて弄るけどな。それとランクの変動はないから安心していいぞ。お前らはずっとBだ。たとえ俺が気に入らないと思っても、それを理由にCに落とすことはない」

「そういうことなら問題ない」

吉岡は納得したようだ。

栗原が皆の顔を見る。

「他に何かあるか？」

「一ついいかな？」

今度は俺が手を挙げた。

「いいぞ。でもその前に名前と学年を教えてくれ。知らない顔だ」

「俺は二年の漆田風斗」

場がざわつき、栗原がハッとする。

「お前があの漆田か」

どの漆田かは分からないが、どうやら俺は有名人のようだ。転移前はクラスメートですら名前を忘れがちだったのに。

「漆田、お前のことは知っている。有益な情報を色々と教えてくれて助かったよ。万能薬のおかげで俺や仲間が死なずに済んだ。感謝している」

「それはよかった。ま、俺じゃなくて麻衣の発見なんだけど」

麻衣が「えへへ」と頭を掻く。

「で、質問はなんだ？」

「お試し期間を設けたほうがいいと思うんだ」

「お試し期間？」

「ギルドに合うか合わないかは参加してみないと分からない。だが、現状では脱退するのに脱退金として30万が必要になるわけだから、一度参加すると易々とは脱退できない。自由に脱退できるといっても、これではちょっとな」

「それでお試し期間を作れと」

「一週間程度のお試し期間を設けて、その間は脱退金不要で脱退できるようにしたらいいと思う。その方が参加する側にとっては安心できる」

多くの生徒が賛同した。栗原の威圧的なビジュアルもあって、内心では不安な者が多いのだろう。

一方、栗原は――。

「貴重な意見をありがとう。だが方針を変える気はない。そんなに不安なら参加しなければいい。俺たちは別に強制しているわけではない。だろ？」

そう言われると返す言葉がない。

俺は「まぁな」と答えて話を終わらせた。

「他に質問は？」

「「…………」」

「なら説明はこれで終わりだ。ギルドに入りたい奴だけ残ってくれ」

一気に場が動き出す――と思いきや、誰も動かなかった。

皆はギルドに入るようだ。いくら不安でも拠点にありつけるのは大きいと判断したか。

栗原の存在も徘徊者と戦うなら頼もしい。

「風斗、どうする？」

麻衣が駆け寄ってきた。

「決まっている。帰ろう」

「だよね」

脱退に30万も取られる以上、一時加入で様子を見ることはできない。

俺たちはこの場から去ることにした。

麻衣と共にマウンテンバイクへ向かう。栗原と目が合ったので会釈しておいた。

相手は「ふん」と鼻を鳴らして無視。不安を煽るような質問をしたので嫌われたようだ。

「帰ったらメシにしよう。腹が減った」

「今日は風斗が作ってよ」

「えー」

話しながらマウンテンバイクに跨がると――。

「待ってください」

担任教師の高原美咲が近づいてきた。

【高原美咲】

「私も同行します」

力強い口調で言う美咲。

俺たちよりも他の生徒のほうが驚いている。特に栗原は分かり易く狼狽《ろうばい》していた。

「美咲ちゃん、どうしたんだよ。Aランクなのに抜けるのか？」

「ごめんなさい、栗原君。でも、生徒をたった二人だけにはしておけません」

「そいつらが望んだことだから気にしなくていいじゃん」

美咲は「いえ」と首を振る。

続けて何か言おうとしたが、先に栗原が話した。

「美咲ちゃんはいい先生だなぁ。分かったよ、そいつらと行ったらいいさ」

「ありがとうございます。脱退金の30万ｐｔは貯まり次第お支払いする形でもよろしいでしょうか？」

「一緒に戦った仲だし脱退金なんか必要ねぇよ。気が向いたらいつでも戻ってきてくれ。ちゃんとAランクとして扱うからよ」

「分かりました、ありがとうございます」

深々とお辞儀する美咲。他の教師だと考えられない態度。これが彼女の特徴だ。

流石の栗原も牙を抜かれた狼《おおかみ》のような有様だった。

「では行きましょう、漆田君、夏目さん」

「俺たちは承諾していないのですが……」

「いえ、同行します」

丁寧な口調に反して有無を言わせぬ強引さだ。

仕方ないので、「はい」と従った。

「麻衣も行っちゃうの？」

「ここに残りなよー」

「そうだよー！　一緒のほうがいいって！」

今度は麻衣だ。同級生の女子連中が彼女に群がる。

「私は自分で手に入れた拠点があ……」

麻衣は言葉を止め、「ううん」と首を振った。

「風斗と一緒にいたいんだよね、私」

「「――！」」

場がざわつく。俺に至っては口をポカンと開けていた。

「え、麻衣と漆田ってそういう関係なの？」

「そういえば麻衣って漆田のこと名前で呼んでるよね」

「漆田も麻衣のこと下の名前で呼び捨てだし」

麻衣は間髪《かんはつ》を容《い》れずに「違うよ」と答える。

「違うけど、かけがえのない大切な仲間だから」

女子連中がキャーキャー騒ぎだす。

俺は麻衣に背を向け、こっそりニヤけた。

だが、その姿を美咲に見られてしまう。

「素敵な青春ですねぇ」

「せ、青春とかじゃないですから！　俺と麻衣はただ仲間ってだけで！」

「それもまた青春の形ですよ」

「だから違うんですって、そういうのじゃ……」

美咲は微笑み、俺は顔を赤くした。

◇

栗原の拠点を発《た》った俺たち三人は、寄り道せず自分の拠点に戻った。

拠点に着いたら美咲をギルドに加える。

この時に判明したのだが、ギルドは掛け持ちできるようだ。美咲は栗原のギルドから抜けることなく俺のギルドに加入した。

それによって栗原のギルド方針に疑問が生じる。脱退せず他所へ移った場合、脱退金はどうするのだろう。

ま、俺たちには関係のないことだ。

「さーて、腹が減ったし昼飯にすっかー」

麻衣が「おー！」と右の拳を突き上げる。

「その前に一つ謝らせてください」

神妙な顔で俺たちを見る美咲。

「謝る？　俺は謝られるようなことをされた覚えはないですが……」

「私も！」

「実はお二人を脱退の言い訳に使ってしまいました」

ごめんなさい、と美咲は頭を下げた。

「どういうこと？」

麻衣が尋ねる。俺も首を傾げた。

「生徒を二人だけにはしておけないというのは本当ですが、一番の理由はあそこから抜け出したかったからなのです」

「Aランクなのに？　なんで？」

「何となく身の危険を感じまして……」

「あぁ」と納得する麻衣。

美咲は再び頭を下げ、「すみません」と謝った。

「実際、襲われる可能性は高かったと思いますよ、俺は」

美咲はかねてより多くの男子から口説かれていた。といっても冗談半分のナンパだ。ただ、中には「ヤラせて」などの行き過ぎた発言をする輩《やから》もいた。

そういった行為はこの島だとエスカレートするだろう。今は環境に適応するため必死だが、状況が一段落した後は危険だ。

美咲の判断は正しい。

一方で、栗原のことは少し不憫《ふびん》に思った。彼の美咲に対する態度は、他の生徒に対するそれとはまるで違う。別人のように優しく、誰が見ても分かるほど露骨に贔屓《ひいき》していた。

美咲の真意を知ったらさぞ悲しむだろう。

「二人をだしに使ってごめんなさい」

「気にしなくていいよ！　それが普通だって美咲先生！」

「俺も麻衣と同意見です」

「ありがとうございます。そう言っていただけて気が楽になりました」

美咲が安堵の笑みを浮かべる。

「それでは話も済んだことだし……」

俺は残る力を振り絞って声を張り上げる。

「メシにしよう！　俺はもう空腹で死にそうなんだ！　午後からの活動に備えて食って食って食いまくるぞー！」

「「おー！」」

◇

「え！　料理を作ることでポイントを獲得できるのですか⁉」

「料理だけじゃないですよ。漁をしたり果物を採ったり……魔物を倒さなくてもポイントを稼ぐ方法はたくさんあります」

「なんとまぁ！　知りませんでした！」

美咲はポイントの獲得方法を全く知らなかった。

グループチャットに参加していないからだ。

転移前、教師は原則としてグループに入っていなかった。何人かは例外だったが、その中に美咲は含まれていない。

転移後、大半の教師がグループに招待された。既に参加している教師が追加する形で。

しかし、その中にも美咲は含まれていなかった。誰一人として彼女をコンタクトリストに登録していなかったからだ。追加しようにもする術がなかった。

これは美咲の公私混同を徹底して避ける性格に起因している。勤務時間外に生徒や教師と関わることが一切ないのだ。だから彼女のコンタクトリストには、生徒や教師が只の一人も登録されていなかった。

そんな美咲の主な情報源は栗原たちとの会話だった。

「グループの種類は大きく分けて三つあります」

「三つもですか」

「学校全体、学年全体、同じクラスのみ。部活に入っている生徒なら部活専用のグループもあるのかな。俺と麻衣は帰宅部だからないですけど」

転移後も活発なのは学校全体のグループのみで、他は殆ど動いていない。

「美咲先生もグループに加えますね」

俺はチャットを開いた。「高校」とグループ分けされたコンタクトリストの中には、麻衣と美咲、あと由香里しかいない。

「待ってください。グループはちょっと……」

「嫌ですか？」

「どちらかといえば避けたいです」

「でもグループに入っていないと情報がなぁ」

「だったらチャットの表示名を偽名にして、美咲先生だって分からないようにしたらいいんじゃない？　あと、グループに加えるのは風斗じゃなくて私がすればいい。風斗がやったら友達が少なすぎて美咲先生だってバレそうだし」

麻衣の発言に、俺と美咲が「おお」と感心する。

「名案じゃないか！　流石だな、麻衣！」

「でしょー、ふふふ」

「先生、麻衣の案はどうですか？」

「それなら大丈夫です」

美咲の表示名が「高原美咲」から「チェン@シゲＬＯＶＥ」に変わった。

「これなら絶対にバレないけど……何この名前!?」

麻衣が笑いながら美咲をグループに加える。

「チェンは大学時代のあだ名で、シゲはペットの名前です」

「美咲先生ってペット飼ってるんだー！　犬？　猫？　私は犬派！」

「ハリネズミです」

美咲は笑顔で答え、俺たちにペットの写真を見せてくれた。愛されているのがよく分かるハリネズミだ。怒って威嚇している姿ですら可愛くて頬が緩んでしまう。

「この子がシゲかー！　可愛い！」

「正しくはシゲゾーです。可愛いですよね。私の大切な家族です」

「いいなー、ハリネズミ！　私も飼いたいと思ったことあるんだよね！　シゲゾー君は何歳？　性格はどんな感じ？」

麻衣がシゲゾーについて質問攻めにする。

美咲は嬉しそうに答えた。

（そういえば先生って年齢以外は謎に包まれているんだよな……）

美咲は自分のことを一切話さない。プライベートに関する質問は全てはぐらかしていた。だから、ペットの話をしている彼女の姿はとても新鮮だった。

「ところで、料理を作るとポイントを獲得できるのですよね？」

「うんうん！　昨日、飯盒炊爨《すいさん》で試したらそこそこ稼げたよー！」

「だったら今回は私が作ってもいいですか？　こう見えて私、料理の腕には自信があるのです」

自分の胸を叩く美咲。大きな胸がその手をボインと跳ね返し、ブラウスのボタンが悲鳴を上げる。

俺は「おほっ」とニヤけて凝視し、そんな俺の後頭部を麻衣が叩いた。

「じゃあ今日の料理は先生にお願いしよっかな！　風斗もそれでいいよね？」

「麻衣が納得しているならかまわないよ。俺、料理にはノータッチだし」

「オーケー！　先生、調理に何が必要？　用意するよー」

「それでは……」

美咲の要望に応じて、俺たちは拠点に調理環境を構築した。

といっても、安い木材を加工したその場しのぎの即席キッチンだ。調理器具も安物で済ませている。

オーブンレンジだけは安物がなかったので高くついた。費用の総額は約5万ｐｔだが、その内の3万がオーブン代だ。

このオーブンを買ったおかげで分かったことがある。〈ショップ〉で売られている電化製品は電力を必要としないのだ。プラグをコンセントに差さなくても動く。そもそもプラグやケーブルが付いていない。

スマホの充電は常に１００％だし、電力面の快適さは病み付きになりそうだ。

「ふんふんふーん♪」

美咲は鼻歌を口ずさみながら上機嫌で料理を作っている。その動きには淀《よど》みがなく、手慣れていることが見て取れた。味も期待できる。

「先生っていつから料理しているんですか？」

気になったので尋ねてみた。

「たぶん小学生の頃からだと思います。その頃は母の手伝いとしてですが」

美咲が「それよりも漆田君」と話題を変えた。

「私のことは美咲と呼んでください。敬称や敬語は不要です」

「先生なのに!?」

「えー、風斗だけ!?　私はダメー？」

「もちろん夏目さんもですよ」

「じゃあ美咲って呼ぶねー！　私のことも麻衣って呼んでね！」

「分かりました。漆田君、いえ、風斗君もいいですね？」

「せんせ……美咲がいいならかまわないけど、でも、なんで？」

「ここは学校ではありませんし、教師・生徒の関係ではなく対等な仲間として接してほしいからです。現にこの場のリーダーは私ではなく風斗君なわけですから」

「なるほど、そういうことなら遠慮無く」

美咲は「はい」と微笑んだ。

「それで美咲、質問なんだけど、ど……」

言葉に詰まる。いきなりタメ口で話すのは難しかった。徐々に慣れていこう。

「失礼、呼吸が乱れた」

「いや、いきなり呼吸が乱れるとか意味分からんし」

麻衣がケラケラと笑う。

俺は再び「失礼」と言って話を戻した。

「美咲はどうしてヒールを履いているの？」

「「え？」」

美咲と麻衣の視線が、全く同じ速度で美咲の足下に向かう。

「本当だ！　美咲、黒のヒールじゃん！　今気づいたよ！」

「何かおかしいですか？」

「集団転移が起きたのは昼休憩の時だから、普通は職員室なり食堂なりで昼ご飯を食べているはずだ。となれば、教師が履いているのは室内用のスニーカーだろう」

転移後に履き替えたとは考えづらい。こんな環境でわざわざ歩きにくいヒールを選ぶ奴などいないだろう。美咲のヒールには強烈な違和感を抱かざるを得なかった。

「実は……この島に転移した時、私は学校にいなかったのです」

「マジで？　学校にいなかったのに転移したの？」

「はい」

美咲の履いているヒール以上に衝撃を受けた。

グループチャットで確定扱いとされている『転移の条件』に反していたからだ。

【転移の条件】

転移の条件は何か――。

昨夜のグループチャットはこの話題で盛り上がっていた。生徒や教師が色々な仮説を出し、それが正しいかを検証していた。

そして、一つの結論が導き出された。

『昨日の昼休憩の時、校内にいた教師と生徒が転移した』

この結論は仮説の域を出なかったが、それでも説得力はあった。校長や理事長、欠席した生徒が転移していないからだ。

転移しているかどうかは連絡を試みれば分かる。この島にいない人間にはどうやっても繋がらない。

暇な検証班は、転移を確認できていない全員に連絡を試みた。

「学校にいなかったのなら美咲はどこにいたんだ？」

「三年の矢尾《やお》君が体調不良で早退することになったので、家まで送ろうと車を運転していました。ちょうど手が空いていたのでお願いされまして」

「矢尾ってあのモジャモジャ頭でメガネを掛けている人？　顔色が悪くてヒョロヒョロしている」

麻衣が尋ねると、美咲は控え目に頷いた。教師なので「顔色が悪い」や「ヒョロヒョロ」という表現は肯定しづらそうだ。

「麻衣はその矢尾って三年と知り合いなのか？」

「ううん、栗原の拠点に同じ名前の人がいたからその人かなって。Aランクだけど、なんていうかイジメられていそうな人だったよ」

「よく見ているな」

他人のことなど全く気にしていなかった。あの場にいた人間で覚えているのは、麻衣、美咲、由香里、栗原、吉岡……以上だ。残り約50人のことは顔すら思い出せない。

「そんなわけで、私はヒールを履いているのです」

俺と麻衣が「なるほど」と納得して会話が終了。

美咲は再び鼻歌を口ずさみながら調理に集中した。

「運転中に転移した場合、車ってどうなるんだ？」

麻衣は「さぁ？」と首を傾げる。

もちろん美咲も分からない。

「調べてみよっか」

「調べることができるのですか？」

美咲が食いつく。よほど気になるようで前のめりになっていた。

「転移時の大まかな場所が分かるなら可能だと思う」

「お願いします！」

美咲が場所を言うと、麻衣はスマホでゴーグルマップを開いた。

「この辺り？」

「はい、ちょうどその道路を走っている最中でした」

「走っている最中に運転手が消えたら間違いなく事故になるから、警察のホームページとかで事故の情報を見れば分かりそう」

「えらく手慣れているな……」

「インフルエンサーの前はディープなオタクだったからね、多少の特定技術はあるのよ」

「おっかねー」

ふふふ、と怪しげな笑みを見せる麻衣。

しかし数分後、彼女の表情は険しくなっていた。

「調べたけど事故は起きていないね」

「すると私の車はどこかに消えたということですか？」

「うーん……」

頭を抱える麻衣。

その頃、俺も自分のスマホを操作していた。動画サイトのＹｏＴｕｂｅにアクセスする。

ライブカメラの存在を思い出したからだ。

ウチの学校には複数のカメラが設置されている。24時間作動しており、YoTubeで誰でも視聴可能だ。

サイトの仕様上、映像は一日区切りで自動的にアーカイブ保存される。そのため、昨日以前の映像を遡《さかのぼ》って視聴することも可能だ。

「あれ?」

YoTubeを開いてすぐに気づいた。

「なぁ麻衣、これってリアルタイムの配信だよな?」

駐車場のライブカメラ映像を麻衣に見せる。

麻衣は画面の右下隅に表示されている日時を見て「だね」と頷いた。

「私たちの学校に警察が集結してるって不思議な光景ー!」

彼女の言う通り大量の警察車両が停まっている。警察官だけでなく記者らしき人物もちらほら映っていた。

ただ、俺が気になったのはそのことではない。

「見てほしいのは車だよ。ほら、この車」

俺は画面の端に映る真紅のSUVを指した。新車のような綺麗さだ。

この車のことは学校の関係者なら誰でも知っている。

「ああああああ! 美咲の車じゃんこれ!」

そう、美咲の愛車である。

「本当ですか！」

美咲は料理を中断して俺のスマホを覗き込む。

それから、「わぁぁぁぁぁ！」と喜びの声を上げた。

「ねね、なんで美咲の車が駐車場にあるの？」と麻衣。

「どうしてでしょうか？」

「アーカイブで調べてみよう」

配信を閉じ、前日のカメラ映像を開く。再生バーを動かし、時間を昼休憩の開始時に設定。三倍速で再生を始めた。

しばらく時間だけが過ぎていく。

その後、12時10分に最初の変化が起きた。美咲と矢尾が駐車場に近づいてきたのだ。

矢尾が教室の方を何度も見ている。その度に嫌そうな顔をしているが、無音なので理由は分からない。たしかにイジメられていそうな雰囲気だ。

美咲と矢尾は真紅のＳＵＶに乗り込み、そのまま学校を去った。

それから10分以上、またしても時間だけが過ぎていく。生徒や教師がたびたび映るものの、これといった変化はない。ただただ退屈な光景だ。

しかし12時27分、その時は突然やってきた。

「「「あ！」」」

俺たち三人が揃って声を上げる。

カメラに映っていた生徒や教師が一斉に消えたのだ。集団転移の瞬間である。

同時に美咲の車が出現した。どこからともなく、いきなり。

「俺たちの転移に合わせて美咲の車は戻ってきていたのか……」

「改めて自分たちが超常的な力に巻き込まれていると思い知ったね」

顎《あご》が外れそうなほど驚く俺と麻衣。

一方、美咲は――。

「車が無事でよかったぁ！」

無傷の愛車を見て嬉しそうな笑みを浮かべていた。

◇

昼食の時間になった。

「気に入っていただけるといいですが……」

俺と麻衣が丸太に座って待っていると、美咲が料理を運んできた。

パイシチューだ。持ちやすさに配慮したのか、マグカップを容器として使っている。見た目からしてレベルが高く、市販品をも凌駕《りょうが》していた。

「これって本当に美咲が作ったの？」驚いた様子の麻衣。

美咲は「はい」と微笑み、向かいに座った。

俺たちの間には切り株があり、それをテーブルとして使う。

「パイ生地からシチューまで全て手作りです」

「すんごーっ！　この時点で私よりも格上！」

空腹でたまらないので早くも実食へ。手を合わせて、「いただきます」

「熱ッ！　でも美味ッ！」

「美味しぃぃいいいぃ！」

俺と麻衣は大絶賛。

「喜んでもらえてよかったです」

「見た目も良くて味もいい。これだけ手が込んでいるなら稼ぎもいいんじゃないか」

「料理の獲得ポイントってクオリティで変動する説あるし気になるねー！」

「調べてみます」

美咲はマグカップをテーブルに置き、スマホを取り出した。俺と同レベルのぎこちない動きで操作している。かと思いきや、難しい顔で固まった。

「あの、調べ方を教えていただいてもいいですか？」

丸太から転びそうになる俺たち。

俺は笑いながら「コクーンの〈履歴〉だよ」と答えた。

「〈履歴〉ですね。ありがとうございます」

美咲の指が再び動き出す。

「ありました。えっと、2万3，539pt入っています」

「嘘ぉ！　そんなに入ったの⁉　料理一発で⁉」目をぎょっと見開く麻衣。

美咲はきょとんとした様子で「はい」と頷いた。

「麻衣は2，000だか3，000ptだったのにな。すごい差だ」

「もしかしたら間違っているかもしれません。確認していただいてよろしいでしょうか」

美咲からスマホを受け取り、麻衣と一緒に確認した。

・スキル【料理人】のレベルが4に上がった
・スキル【料理人】を習得した
・料理を作った：23，539ptを獲得

「本当に今回の料理で2万も稼いでいる……。私は数千だったのに。料理のクオリティでここまで差があるなんて……。私の料理はゴミってことなのね」

ガクッと項垂《うなだ》れる麻衣。

「まだ分からないぞ。もしかしたらパイシチューが稼げるだけかもしれない。晩ご飯はカレーを作ってもらおう。そうすれば分かるよ。あと、麻衣の料理も普通に美味かったぞ」

うぅぅと悲しむ麻衣の背中をさすりつつ、美咲にスマホを返す。

「個人的にはレベルの上がり方に驚いたな。一気に4まで上がるとはな」

スプーンでシチューをすくって頬張る。

思わず「んふぅ！」と声が漏れるほどの美味しさだ。

「なんにせよ、今後の料理番は美咲で確定だな」

「お任せください！」

美咲は誇らしげな顔で頷いた。

【美咲のステータス】

昼食後、美咲と川に来ていた。石打漁とペットボトルトラップについて教えるためだ。一緒に活動していく以上、ポイントの稼ぎ方は覚えてもらいたい。

まずはペットボトルトラップから始めた。作り方と設置方法を教えて、実際に作業をしてもらう。

「漁法は例のサイトを参考にしたのですか？」

例のサイトとは鳴動高校の生徒が作ったホームページのこと。

「いや、どちらも俺が考えた」

「風斗君が？　すごいですね」

「そんなことないよ。漁が金策に適していること自体はサイトの情報だし。紹介されているのは別の漁法だったけど」

「あえて違う漁法を採用したのはどうしてですか？　サイトには細かい漁法が載っていなかったとか？」

「載っていたけど俺たちにはできないんだよね。人数不足で。最低でも四人は必要だと思う」

「なるほど」

俺もペットボトルトラップ関連の作業を進めつつ、たまに美咲の様子を確認。

（こりゃ料理をメインに任せるのがよさそうだな）

美咲の作業効率はお世辞にも良いとは言えなかった。手先は器用で安定しているのだが、いかんせん遅い。おっとりした口調から抱くイメージのままだ。

『私がいないところで美咲とイチャイチャしていないだろうなぁ！』

胸ポケットのスマホから麻衣の声が響く。ギルドメンバーだけのグループを作り、それで通話を繋いでいた。

麻衣は今、拠点で別行動中だ。情報収集をしつつ、何か有効な金策がないか考えている。

俺との相棒関係も解消していた。今は美咲が俺の相棒だ。

「イチャイチャなんてしていないさ。普通にペットボトルトラップを量産している」

『そういやペットボトルトラップはどうだったの？　いい感じ？』

「興奮するほどではないが、思っていたよりもいい感じだぞ」

ペットボトルトラップの稼ぎは一本につき約700pt。その点だけ見ると微妙だが、効率を考えると馬鹿にできない。

ペットボトルが川から離れた瞬間にポイントが発生するのだ。ボトルを掴んでスッと上げれば済む。石打漁のように魚を回収する必要はない。その後も楽で、餌を補充して川に戻せば作業終了だ。

一本のペットボトルを回収・再設置するのにかかる時間は僅か数秒。それで約700pも稼げるわけだから、少なくとも果物を採るよりはいい。ボトルの設置数を増やせば石打漁より効率よく稼げそうだ。

『その調子で頑張って！　ちなみにだけど、こっちは今のところ成果なし！』

「すると今の麻衣は只の寄生虫なわけだな」

『うるせー！　じゃ、また後でね！　美咲もばいばーい！』

美咲が「はい」と微笑んだ。

「次は石打漁の説明をするね」

「よろしくお願いします」

深々と頭を下げる美咲。

俺の視線はブラウス越しに見える胸の谷間に集中していた。おっと、いかんいかん。

「石打漁は岩と岩をぶつけて魚を気絶させる漁のことで、失神した魚を捕獲するとポイントが発生するんだ。ということで、まずは裸足にならないとな」

川辺で靴と靴下を脱ぐ。

美咲もヒールを脱ぎ、それから——。

「待った！　やっぱり石打漁は俺がやるから今日は見学で！」

「どうかしたのですか？」

「えっと、その……と、とにかく、俺がやるから美咲は見ていてくれ！」

俺は美咲の脚に目を向ける。

彼女が穿《は》いているのは黒のパンストで、タイトスカートとの組み合わせは強烈だ。普通に脱ごうとしただけでドスケベワンダーランド。性欲を拗《こじ》らせた童貞には刺激が強すぎる。生の太ももが垣間見えた瞬間、股間が爆発しそうになった。

「では、お言葉に甘えさせていただきます」

美咲は大きな岩に座り、好奇心に満ちた目で見ている。

「岩を投げるのには結構な力がいるから、持てない場合は金槌《かなづち》で叩いてもいいよ」

今回は金槌を使うことにした。川に設置してある大きな岩に渾身の一撃を叩き込む。手に振動が走り、川面に衝撃波が広がった。

多くの魚がぷかぷかと浮かび上がる。

「こんな感じだ」

「おー」と、拍手する美咲。

「以上だ。今は石打漁とペットボトルトラップがメインの収入源になっている」

「魔物は倒さないのですか？」

「見かけたら倒すけど、この辺りは少ないから意識していないかな」

魔物の数は場所によって大きく異なる。

例えば栗原の拠点があるサバンナには、そこら中に魔物の姿があった。グループチャットを見る限り、栗原たちの主な収入源になっているようだ。

一方、俺たちの周辺は探し回ってようやく見つかる程度の数しかいない。これでは安定して稼げないので収入源としては不適格だ。

魔物は倒しても半日程度で復活し、どこからともなく現れるそうだ。乱獲しても絶滅する恐れはないということ。グループチャットでそういう報告が上がっていた。

俺は岸に上がり、召喚したタオルで足を拭いた。靴を履いて美咲の向かいに座るが、すぐに立ち上がり、向かいではなく隣に座り直した。

スカートの中が見えたからだ。半開きの脚からチラチラと、パンスト越しにパンティーが見え隠れしていた。その状態では理性を保って話すことができない。

「結果次第だが、今後は栽培が中心になるかもしれない」

「麻衣さんがプランターでトマトを育てているのでしたっけ?」

「そうそう、なかなか順調のようだ」

鳴動高校の生徒たちは最終的に栽培で稼いでいた。ポイント効率がぶっ壊れていて日に数千万も稼げたそうだ。しかも、作物は種を植えてから3日程度で生長し終えるという。

この情報を検証するため、麻衣は昨日から栽培に取り組んでいた。

栽培中のトマトは既に発芽を終えており、伸びた茎を支柱に絡ませている。まだ始めてから24時間すら経っていないのにこの生長ぶり。今のところサイトの情報通りだ。

「二人しかいなかったのに色々と取り組んでいてすごいですね」

「二人だからこそ頑張らないとって思えたのかも。ま、頑張ったのは麻衣であって、俺はオマケみたいなもんだけど」

「そんなことありませんよ。風斗君もよく頑張っています。学校の頃よりもしっかりしていて、顔つきも逞《たくま》しくなっていますよ」

美咲が顔を傾けてニコッと微笑む。

息が掛かるほどの距離にいるので小っ恥ずかしかった。

なので、「そ、それより！」と強引に話題を変える。

「美咲の〈ステータス〉を見せてよ」

「ステータス？」

「コクーンで表示できるんだ。スキルレベルが載っている」

俺はスマホに〈ステータス〉を表示し、「こんな感じ」と美咲に見せた。

【名　前】漆田 風斗

【スキル】

・狩人：2

・漁師：5

・細工師：4

・戦士：2

この時、【漁師】のスキルレベルが上がっていることに気づいた。レベル5ならデイリークエストが発生しているはずだ。

「えっと、私の〈ステータス〉は……」

美咲が自分のスマホを操作する。

その間にデイリークエストを確認しておくとしよう。〈クエスト〉には何も載っていなかったので〈履歴〉を開いてみた。

案の定、デイリークエストはクリア済みになっていた。内容は魚を5匹獲得するというもので、報酬は5万pt。嬉しい収入だ。

「これですよね？」

「そうそう」

【名　前】高原 美咲
【スキル】
・戦士：2
・料理人：4
・漁師：2
・細工師：2

「どうでしょうか？　私のステータス」

「いくつか気になる点がある」俺は【戦士】を指した。「このスキルは徘徊者を倒した際に習得できるスキルだ。それがレベル2なのに驚いた。美咲も徘徊者と戦っていたんだな」

「はい。拠点の防壁が壊れてしまって……」

「とんでもない勢いで雪崩れ込んできただろ。よく耐えられたな」

「栗原君や他の男の子たちが前で戦ってくれたので、どうにか」

「なるほど」

謙遜しているが美咲も結構な数を倒したはずだ。それなりに戦った麻衣ですら【戦士】のレベルは1だった。少なくとも麻衣よりは敵を倒したことになる。

「他には何が気になりましたか？」

「【漁師】と【細工師】のレベルが2もあることだな。どちらもさっき習得したものだけど、もう2まで上がっている」

「たしか【料理人】のレベルを見た時も驚いていましたよね。私って他の人に比べてレベルが上がりやすい体質なのでしょうか？」

「人によってレベルの上がる速度が変わるとは思えないけどな。グループチャットを見ていてもそれらしい話は聞かないし。たぶん〈相棒〉の効果だろう」

　コクーンにはヘルプやチュートリアルが存在しない。それでいて全体的に不親切なので、〈相棒〉の正しい効果は不明だ。

「ま、スキルレベルが思ったよりも高いのはいいことだ」

「ならよかったです」

　ここで話が一段落。

　俺たちは静かに川を見つめる。せせらぎのおかげで性欲が落ち着いてくれた。

　ぽかぽか陽気に思わず微睡《まどろ》む。

　その時、美咲が「そういえば」と口を開いた。

「グループチャット、とてもいい雰囲気ですよね」

「たしかに」

　転移してすぐの頃は荒れていたが、今は平和そのものだ。多くの生徒が積極的に情報を出し合い、生き抜く為に助け合っている。

　ただ……。

「俺はこの雰囲気がいつまでも続くとは思っていないいんだよね」

「どうしてですか？」

「今みたいな雰囲気を作っている理由は二つある。一つは島を脱出したら帰還できることが判明している点。言い換えるとポイントが貯まれば日本に帰れるわけだから、転移直後ほど絶望的な者はいない」

ですね、と頷く美咲。

「もう一つは何でしょうか？」

「まだ争う段階ではないってこと。今は転移して間もないから島の全容を把握できていない。少しでも情報が欲しい状況だし、人間同士で揉めている余裕がないんだ」

「もう少し落ち着くと揉めやすくなると……」

「可能性は大いにある。ひとたび揉めたら、その後はピリピリした嫌な雰囲気になるかもしれない」

この島での生活で最も警戒するべき対象は人間だ。学校ですら好き放題に暴れる奴がいるというのに、警察や法の存在しないこの島だとどこまでエスカレートするか分からない。火薬庫の中で過ごしているようなものだ。

「そう考えると何だか不安になりますね……」

「巻き添えを避けるためにも早く脱出したいな」

美咲と話していて改めて思った。この島に長居するべきではない、と。

【防壁強化】

日が暮れて夕食時――。

拠点の前は、かつてない極上の香りに支配されていた。

俺と麻衣は全力待機。涎《よだれ》を垂らしお腹を鳴らして、芳醇《ほうじゅん》な空気に酔いしれていた。

「お待たせしました」

美咲は切り株のテーブルに大きな鍋を置く。

そこに香りの正体――チキンカレーが入っていた。

このカレーは美咲の完全オリジナル。〈ショップ〉で売られているルーを使わず、手間暇を掛けて作り上げた。その香りたるや凄まじくて、嗅いでいるだけで空腹が加速する。

「なんつー匂いだ！」

「こんなの食べるまでもなく美味しいのが確定してるじゃん！」

麻衣が各自の皿に米をよそう。

「美咲、〈履歴〉の確認を頼む」

「分かりました」

晩ご飯をカレーにした一番の目的が仕様の把握だ。料理で得られるポイントの多寡《たか》が何で決まるのかを検証する。カレーなら昨日食べた麻衣の飯盒炊爨と比較可能だ。

麻衣のカレーは〈ショップ〉のルーを使った簡単なもの。それでも美味しかったが、美咲の手作りカレーには敵《かな》わない。

もし美咲の獲得ポイントが麻衣と同程度なら、質よりも何を作るかが大事になる。

これは望ましくない。効率よくポイントを稼ぐために同じ料理ばかり食べることになるからだ。昼に食べたパイシチューは絶品だったが、毎食それだと嫌になる。

なので、そうならないことを願うが――。

「えっと……約４万ｐｔ入っています。あと【料理人】のレベルが６に上がりました」

「「おお！」」

俺と麻衣が同時に歓声を上げた。

その後、麻衣だけ「私は数千ｐｔだったのに」と悲しんだ。

「これで決まりだな。料理におけるポイントの獲得量はクオリティで変動すると考えてまず間違いない。あとポイントの獲得量に比例して経験値も増えているようだ」

「じゃあ私は今後も料理を作ったほうが良さそうですね」

「だな。これからも美味しい料理をガンガン作るんだ。それでスキルレベルを上げまくり、稼ぎまくってくれ！　料理王になれ、美咲！」

「はい！　私、立派な料理王になります！」

今回得た情報をグループチャットで共有することにした。情報はすぐさま検証班によって検証され、正しいと証明された。

これにより他所のチームでも料理担当を決める流れが加速。料理がポイントを稼ぐ手段の一つとして確立された。

『また漆田が有益な情報を提供しやがった！』

『最先端を走っていてカッコイイ！』

『三人ギルドなのにすごすぎだろ！』

自分たちの情報によって多くの人が喜んでいる。

その様を見ていると頬が緩んだ。

◇

美咲の絶品カレーを堪能した後、俺たちは防衛の準備に入った。後片付けを美咲に任せ、麻衣と二人で徘徊者対策を検討していく。

「戦略は昨日と同じで問題ないか？　防壁が突破されるまでは籠城して、突破されたらフェンスの隙間から槍で迎撃する」

防壁は徘徊者戦が終わると復活していた。ＨＰも最大まで回復している。

「いいと思うよ。昨日だってフェンスが倒れなけりゃなんとかなったわけだし。グルチャを見ている限り他所はもっと酷い状態だったのよね」

「そうなのか？　拠点勢の死亡者は数人だと思ったが」

「万能薬があったからね。なければ数百人規模で死んでいたよ」

「あー、たしかにそうだったな」

だから皆、万能薬の情報を提供した俺たちを英雄視している。

俺は「そういうことなら」と続きを話した。

「基本はフェンス越しの迎撃でかまわないな。フェンスの数は昨日の二の舞にならないよう三枚に増やすか」

「賛成！　徘徊者は武器を当てるだけで死ぬし、それで問題ないと思う」

フェンスの数を増やした。

「逆に費用対効果の悪い門扉は撤去でいいか？」

「もちろん！　あれは失敗だったねー」

「あとは防壁の耐久度だな」

防壁はポイントをつぎ込むことで強化できる。

強化項目は【ＨＰ】と【防御力】の二種類で、強化費用は一回10万ｐｔ。

俺たちはまだ一度も強化していない。

「ＨＰに特化するか、防御力に特化するか、それとも均等に上げるか。麻衣の意見は？」

多くの拠点ではＨＰと防御力を一回ずつ上げている。ポイントの都合からそれ以上の強化は控えているようだ。

　グループチャットを見ていて思ったが、多くのチームがポイント稼ぎに苦戦している。特に人数の多いところほど苦労している印象を受けた。食費等の費用が嵩《かさ》んでいるようだ。

　資金面で厳しいチームは防壁を強化しない方針を打ち出していた。頭数の多さを活かして防壁の突破後に備える考えのようだ。

「これは賭けなんだけど、防御力を思いっきり上げたい」

「どうしてだ？」

　防御力は強化しても1しか増えない。ゲームだと防御力が1から2になったところで変化は感じない。

「昨日の敵の攻撃が一律で5ダメだったから」

「たしかに違いは見た目だけだったな。それがどうしたんだ？」

「根拠のない勘だけど、単純な計算式でダメージが決まっている気がするんだよね」

「というと？」

「例えば敵の攻撃力から防壁の防御力を差し引いた分がダメージになるとか」

「つまり防御力を1から2に強化すると、拠点の受けるダメージは5から4に下がると言いたいわけか」

「もしくは防御力が二倍になったことで5の半分の2・5、又は小数点以下を切り上げて3になるんじゃないかなって」

「なるほど」

今日はそれなりに稼いだ。漁やデイリークエスト、美咲の料理で。

その甲斐あってギルド金庫には約52万ｐｔも入っていた。念の為に10万残すとしても4回は強化できる。

「ま、最終的な決定は風斗がしてね」

「俺任せかよ！」

「だってリーダーだし！」

麻衣が「頼みますよリーダー」とニヤニヤしながら胸を小突いてくる。

そこへ美咲がやってきて、「私もリーダーにお任せします」と便乗した。

「責任重大だなぁ」

安全策を採るならＨＰと防御力を均等に上げるべきだろう。どちらかに特化して思惑が外れたら目も当てられない。

そんなことは分かっているが――。

「よし、麻衣の提案通り防御力に特化しよう」

40万ｐｔを投じて防御力を1から5に強化した。

「流石リーダー！　天性のギャンブラー！」

「裏目に出ても切り札があるからな」

「切り札？」

「ふっふっふ」

俺は怪しげな笑みを浮かべて〈マイリスト〉を開き、自作の槍を大量に召喚する。自作なので一本当たり数千ｐｔとお安い。

「この槍が俺の切り札さ」

「「……？」」

麻衣と美咲が首を傾げる中、俺は追加でダクトテープを購入。フェンスの網目に槍を通し、それをテープでしっかり止める。残りの槍も同じ要領で固定していった。

「できたぜ、棘《いばら》の壁が！」

フェンスから突き出る無数の穂先が拠点の外を睨んでいる。

「まさに自動迎撃システムだ。仮に防壁が破られても、敵は自らこれらの槍に突っ込んで死ぬだろう。俺たちが倒すのは奇跡的にも槍に当たらず死を免れた奴だけって寸法だ」

二人は「おお！」と声を上げた。

「天才じゃん風斗！　流石は自称英雄！」

「え、風斗君は英雄を自称しているのですか？」

「してないし！　つーか引っ張るなよ、そのネタ！」

「あはは。でもマジで名案じゃん！　これ！」

「強化した防壁に棘の壁……この二つがあれば安心ですね！」

「万能薬があるとはいえ昨日みたいな大怪我は避けたいからな。今宵《こよい》はこれで勝つ！」

俺はグループチャットを開き、ウキウキで棘の壁を披露する。しかし一足遅くて、数分前に同じような情報を発信している者がいた。

そいつは皆から賞賛されていた。防壁の強化に手が回らないチームほど喜んでいる。

（やべっ、ネタが被っちまった！）

何食わぬ顔で発言を削除する。恥ずかしさから顔が真っ赤に火照《ほて》っていた。

投稿から削除までの時間は1分あったかどうか。電光石火の早業だったので、俺の発言に気づいた者はそう多くない。既読マークは数人分しか付いていなかった。

しかし、その数人には麻衣も含まれていて――。

「他にも風斗と同じ考えの人がいるじゃん！　しかも相手のほうが早かったし！　これじゃあ天才とは言えないねぇ！　ドヤ顔で〈棘の壁〉とかいう名前まで付けて後追いの情報を出しちゃうなんてなぁ！　くぅ！　風斗、ダサッ！」

「うるせー！」

しばらくの間、俺は麻衣にからかわれるのだった。

【美咲と密室で】

夜は各自で過ごすことにした。

俺は手持ちのポイントで部屋を整えた。扉を取り付け、家具を設置し、壁紙を貼って、絨毯を敷く。殺風景な部屋に最低限の彩りが加わった。

それが終わったら徘徊者戦まで就寝。

昨日と違って麻衣がやってくることはなかった。脳裏に「据え膳食わぬは男の恥」という言葉がよぎる。改めて逃がした魚の大きさを痛感して後悔した。

そして夢の世界へ——と、その時、扉がノックされた。

「麻衣か!?」

光の速さでベッドから飛び出し、照明を点《つ》けて扉を開ける。

「すみません、麻衣さんではありません」美咲だった。「もしかしてお休み中でしたか?」

美咲の視線がベッドに向く。掛け布団が盛大に乱れていた。

「そうだけど大丈夫だよ。どうかしたの?」

「実は家具の設置に失敗してしまいまして……」

「失敗？」

「大きなクローゼットを買ったのですが、誤って設置ボタンに触れてしまいました。壁にくっつける予定が部屋の真ん中に……」

「なるほど、それでクローゼットを一緒に動かしてほしいと」

「はい。お力を貸していただけないでしょうか？」

「もちろん手伝うよ」

「ありがとうございます！」

　ということで、美咲の部屋に向かった。

「美咲も扉を付けたんだな」

「ないと落ち着かなくて」

「部屋って感じがしないよな、扉がないと」

　やはりプライベートな空間は扉で仕切りたいと思うものだ。

「どうぞ」

　美咲が扉を開けてくれたので、俺は「おじゃまします」と中へ。

　彼女の部屋はまだ手を付け始めたばかりで、俺の部屋よりも家具が少なかった。ベッドすら設置していない。にもかかわらず、ど真ん中には噂のクローゼット。それを見た俺は思わず笑ってしまった。

「本当に大きなクローゼットだ。たしかにこれは一人だと動かせない」

「お手数をおかけして申し訳ございません」

「誰だって失敗することはあるさ。じゃ、動かそうか」

軍手をし、美咲と一緒にクローゼットを持ち上げる。中が空っぽなのに重く感じた。重厚感たっぷりの見た目は伊達《だて》ではない。

そのせいで腰に負担をかけてしまった。「大きいだけで軽いだろう」と油断して、よろしくない体勢で持ち上げてしまったのだ。

「この辺か？　手を離すぞ」

「はい、大丈夫です」

「せーの！」

同時に手を離し、クローゼットの移動が終了。ふぅ、と手の甲で額を拭いた。

「ありがとうございました」

「折角だし他の家具も設置し終わるまで付き合おうか？」

「よろしいのですか？」

「いいよ、〈ショップ〉を駆使するからすぐに済むだろうし」

「ありがとうございます。それでは、よろしくお願いします」

俺は扉の傍に立ち、美咲の作業を見守る。

「えーと、ベッドはこっちで……」

美咲はブツブツと独り言を言いながら家具の購入・設置を進めていく。

案の定、彼女はしばしば設置ミスを起こした。といっても微調整で解決するもので、クローゼット程の失態はない。

「この設置機能、ピンポイントで思い通りの場所に出すのは難しいよなぁ」

「そうなんです……。私は神経質なきらいがありますので、余計に苦戦しています」

ベッドの角度を何度も調整する美咲。右にずらしたと思ったら今度は左にずらして、かと思いきやまた右にずらして……と、何度も同じことを繰り返している。

俺は何も言わず、彼女のおっぱい、いや、作業を眺めた。

「終わりました！」

想像の三倍近い時間を費やして終了。

「お疲れ様！　じゃ、俺はこれで」

「助かりました！」

「クローゼットを動かした後は何もしていないけどね」

笑いながら部屋を出ようとする。

「風斗君、腰を痛めたのですか？」

美咲が声を掛けてきた。

俺がしきりに腰をさすっているので気になったみたいだ。

「痛めたって程ではないが、ちょっとな」

「気になりますね」

「大丈夫さ、寝れば治るよ」

「そうかもしれませんが今の内にほぐしておきましょう。マッサージしますのでベッドに寝てください」

「大丈夫大丈夫、そんな大したものじゃ――」

「いえ、マッサージします」

こうなった美咲は絶対に引かない。

「じゃ、じゃあ、お言葉に甘えるとするかな」

俺はベッドに移動し、指示に従ってうつ伏せになった。

「料理には劣りますが、マッサージも得意なのでご安心下さい」

美咲はベッドサイドから俺の腰に施術を開始。最初は探るように親指の腹で優しく指圧していく。

「ここですね」

ポイントを見つけたようだ。掌の付け根で押し始めた。

「うお、これは……」

「気持ちいいですか?」

「ああ、最高だ」

お世辞抜きで極上の気持ちよさだった。半開きの口から涎が垂れそうになる。

「こりゃうっかり寝てしまうかもしらん」

「いいですよ、終わったら起こしますので」

美咲のマッサージは腰だけに留まらなかった。腕や脚、首や肩など全身に及ぶ。そのどれもが気持ちいい。時折おっぱいが当たるのも素晴らしかった。

（あ、これ、ヤバいやつだ）

諸々の要因が重なって勃起してしまう。うつ伏せだからいいが、仰向《あおむ》けだったら終わっていた。今の内に息子を落ち着かせないと――。

「最後に大腿四頭筋《だいたいしとうきん》をほぐしますので仰向けになって下さい」

仰向けになったら人生おしまいだ。

「え、なんだって？」

聞こえていないふりをしつつ、股間のテントが小さくなるのを待つ。

「仰向けになって下さい」

「すまん、よく聞こえない」

粘る俺。どうにか息子が大人しくなり始めてきた。

「仰向けになって下さい、風斗君」

俺に聞こえるよう耳元で囁《ささや》く美咲。吐息が耳にかかり、一瞬で息子が蘇《よみがえ》った。

終わりだ。俺は観念して仰向けになった。

「あっ」

固まる美咲。その視線は股間のテントに釘付けだった。

「ごめん」

とりあえず謝っておく。

「………」

美咲はしばらく無言だった。我が息子を凝視したまま。

「……それでは大腿四頭筋をマッサージしますね」

何食わぬ顔でマッサージが再開される。

(どうしてお前は空気を読まずに膨らむんだ！)

目を閉じて息子を叱る俺。

そんな俺の言葉には従わず、息子はご立派な状態を維持している。反抗期だ。

美咲の手が大腿四頭筋の上部、つまり股間へ向かって行く。

そして——。

「これで終了です」

当然ながら何も起きずに終わった。

結局、息子は最後まで元気なままだった。パンパンに膨らんでいる。

「あ、ありがとう……」

「他にマッサージしてほしい箇所はありますか？」

「他かぁ」

俺の視線が股間のテントに向かう。美咲も同じ場所を見つめていた。

言いたい。すごく言いたい。「ちょっとココも頼めないか」と。

「……大丈夫だ」

言えなかった。言えるはずがなかった。

俺は体を起こし、ベッドから出る。

「じゃ、じゃあ、俺はこれで」

「はい、おやすみなさい」

美咲がどんな表情をしているのか分からない。恥ずかしくて直視できなかった。

俺は「おやすみ」と返し、逃げるように部屋を出た。

(コイツ、本当に元気だな……！)

廊下を歩いている時も息子は元気なままだ。

これでは眠れないので、部屋に戻ったら自分でマッサージした。虚しかった。

【度胸が足りない】

深夜1時55分、俺たちはフェンスの後ろで待機していた。

「……って、美咲、何を持っているんだよ！」

「何ってフライパンですが？」

「それで戦うつもりか!?」

「はい」と、真剣な表情で頷く美咲。

いくら料理番とはいえフライパンを武器にするのは衝撃的だ。

「他の武器に替えたほうがよろしいでしょうか？」

「壁に立てかけてある槍にしよう。フェンス越しに戦うスタイルだから、刀やフライパンは振り回せなくて勝手が悪い」

「分かりました」

そして、2時00分——。

「「グォオオオオオオオオ！」」

外の森がざわつき、獣の咆哮が響く。

どこからともなく徘徊者の群れが突っ込んできた。

今回は初っ端《ぱな》から犬型も参戦している。

明らかに昨日よりも勢いが増していた。

「あいつら連携しているぞ！」

今日の敵は陣形を組んでいた。犬型を先頭にして効率的に防壁を削る算段のようだ。

「強化していなかったら数十分で壊されていただろうな、防壁」

「でも私たちは防御力に特化したから平気なはず！」

「果たしてどうなるか」

防壁の耐久力を確認する。

「これは……」

画面に映る数値を見て愕然《がくぜん》とした。

「どうだった？　防御力アップの効果はあった？」

「あったなんてもんじゃねぇぞ！」

俺は二人にスマホを見せた。

「HPが全然減っていませんね」

「効果ありまくりじゃん！」

敵の攻撃がもれなく1ダメだ。昨日より激しく攻撃されているが問題ない。むしろ昨日よりもHPの減りが緩やかだ。

「この調子なら余裕だな」

「でも油断できないよ。昨日もそう言って最後は防壁を突破されたわけだし！」

俺は「まぁな」と笑った。

「とりあえず防御力が有効なのは確定だ。グルチャで情報を共有しておこう」

「賛成！　打つのめんどいから風斗に任せる！」

「いつも俺だな」

「いいじゃん！　おかげで皆に崇拝されているんだし！」

「別にそんなものは求めてはいないんだけどなぁ」

グループチャットを開いて文字を入力する。

「拠点の耐久度は私が見ておきますね」と美咲。

「なら私は……」

そこで言葉を詰まらせた後、麻衣はニィと笑った。

「お茶でも淹《い》れるかぁ！」

「何も閃《ひらめ》かなかったんだな」

「ほっとけー！」

麻衣は電気ケトルと湯飲み、あとインスタントの緑茶スティックを購入。その場で熱々のお茶を淹れ始めた。

「誤字脱字のチェックを済ませたら送信っと」

グループチャットで現状を報告する俺。

呼応するかのように他所からも報告が続出。

皆の報告をまとめると防壁の仕様が見えてきた。

『敵の攻撃力から防壁の防御力を差し引いた数値』

それがダメージの算出方法だ。麻衣の予想が的中した。

理論上、防御力を6まで強化すれば敵の攻撃を完全に無効化できる。

一か八かで防御力に特化したが、どうやら大正解だったようだ。

壁にもたれて座っていると麻衣がやってきた。二つ持っている湯飲みの一つを俺に渡し、隣に腰を下ろす。湯飲みから漂う湯気に、緑茶のいい香りが含まれていた。

「今後も防御力特化で問題なさそうだね」

「それには俺も同感だが……」

火傷《やけど》しないようふーふーしてからお茶を飲む。

「何か引っかかることでも？」

「ノーマルタイプ以外の敵が出たらどうなるのかなって」

他にどんなタイプがいるのか不明だ。グループチャットでも情報は出ていない。

「仮に別のタイプが出て防壁を突破されても大丈夫っしょ。私らには風斗考案の〈棘の壁〉があるわけだし」

妙に「風斗考案」を強調する麻衣。他の奴とネタが被ったことをイジりたいようだ。

俺は大袈裟なため息と苦笑いで流した。

「美咲もお茶どーぞ！　耐久度は私がチェックしておくから！」

麻衣は立ち上がり、美咲に淹れ立ての緑茶を渡す。

「ありがとうございます」

先程まで麻衣のいた場所に美咲が座る。

「このまま平和に終わったらいいですね」

「同感だ」

早くも30分が過ぎていた。

グループチャットにおける皆の発言頻度が急激に下がっている。防壁を強化していないチームが戦闘を始めたのだろう。敵の勢いを考えるに、そろそろ防壁を突破される頃だ。

俺たちは相変わらず余裕だが。

「明日はどのように過ごす予定ですか？」

「基本的には今日と同じだよ。俺と麻衣は相棒になって漁をする。美咲には料理を担当してもらいたい」

「お任せください」

「ただ、漁や料理だけだと暇な時間ができると思うから、余った時間は新たなポイント稼ぎを模索する方向で動く感じかな」

「ふむふむ」

俺たちの話を聞いていた麻衣が「忘れてるぞー」と割って入る。

だけでいい。


「忘れてるって何を？」

「栽培！」

「ああ、そういえばトマトを育てていたな」

「明日の朝にはトマトが育ちきっているよ！　たぶんだけどね！」

「楽しみだ。上手くいけば他のポイント稼ぎが過去の物になる」

栽培の難易度は非常に低い。専用の栽培セットとタネを買えば、後は日に一回の水やりだけでいい。

先人のサイトによれば栽培のポイント効率は革命的だ。作物は三日で収穫が可能になる上に、一度の収穫で数千万のポイントを生む。もちろん数千万というのは規模を拡大した場合に限るが、プランターでも可能性を感じられることは確かだ。

もっとも、俺たちが同じように稼げるとは限らない。先人と俺たちの環境には細かい部分で違いがあるからだ。なので、期待しているが過信はしていない。上手くいかない未来も想定していた。

「そろそろ終わるぞ」

あれよあれよという間に3時59分。

徘徊者が消えるまで残り1分を切っていた。

「私、お風呂入れてくるねー」

拠点の奥に向かう麻衣。

俺は時計を、美咲は防壁の耐久度を注視する。

「5……4……3……2……1……」

スマホを見ながらカウントダウン。そして――。

「ゼロ！　終わりだ！」

言うと同時に徘徊者が消える。

結局、最後まで防壁を突破されることはなかった。完全勝利だ。

◇

徘徊者戦が終わると、再びグループチャットが動き出した。

皆が我先に被害状況や戦果を報告している。俺も「防壁が最後まで壊されずに済んだ」と発言しておいた。

「むっ、これは……」

グループチャットに驚くべき情報が上がっていた。

〈棘の壁〉が使えないというのだ。徘徊者は槍に突っ込んでも平然としていたらしい。人が触っているかが重要のようで、こちらが槍を摑んでいればあっさり死んだという。

しかし、必ずしも触れている必要があるかといえば違うはずだ。矢や石などの遠距離攻撃が通用しているのだから。何かしらの仕様があるのだろう。

それが何かは分からないが、これだけは断言できる。〈棘の壁〉は想定していたよりも遥かに弱い。それなのにコスパは最悪だ。大量の槍を消費するので金がかかるし、修復費用も馬鹿にならない。〈棘の壁〉を使うくらいなら〈只の壁〉、すなわちフェンスのほうがマシだ。

〈棘の壁〉を採用していたチームの多くが悲惨な状況だった。防壁の強化費を節約するべく採用したのだから当然だ。

昨日よりも多くの死傷者が出ていることは間違いなかった。

グループチャットの雰囲気も悲惨なものだ。俺より先に〈棘の壁〉を提案した生徒が大バッシングを受けている。「お前のせいで○○が死んだ」などの怒号が飛び交う様は見ていられなかった。

自分を守る為にも、俺は壁の発案者を擁護することにした。「失敗を責めていたら萎縮して誰も提案しなくなるぞ」と。

この発言に多くの生徒が賛同し、チャットの雰囲気が変わった。酷い発言をしていた連中は「八つ当たりしてごめん」と謝罪。どうにか落ち着いた。

「もしも先に発言していれば批難されるのは俺だったな……」

俺たちは信頼できる情報筋として頼られている。しかし、下手を打てばその評価がマイナスに作用しかねない。

情報の鮮度はもちろん大事だが、同じくらい精度も求められている。〈棘の壁〉の一件でそのことを学んだ。

「美咲とお風呂に入るけど風斗も一緒にどう？」

自室でスマホを触っていると、麻衣と美咲がやってきた。

「麻衣さん、そういう不純なお誘いをしてはいけません」

「かぁ！　美咲ってば先生みたいなこと言っちゃってさぁ！」

俺はニヤリと笑い、麻衣を見る。

「ここで俺が『一緒に入る』って言ったらどうするんだよ」

冗談のつもりだったが、麻衣と美咲は本気と受け取った。

「私は別にいいけど」と真顔の麻衣。

「私も大丈夫ですよ。恥ずかしいですが……」

「え、マジ？」

きょとんとする俺。

そんな俺を見て、二人は吹き出した。

「風斗、分かり易すぎ！　なんだよその反応！」

美咲も「あはは」と声を上げて笑っている。

「私たちの裸が見たかったらいつでもおいで。風斗にそんな度胸があるとは思えないけど」

「ふふ、楽しみにお待ちしていますね」

麻衣と美咲が浴室に向かう。

「またしても据え膳……！　今度こそ……！」

俺は直ちに二人の後を追おうとする——が、金縛りにあったかのように体が動かない。

どれだけ動けと念じても硬直したままだ。

「ぐぐ……度胸が足りねぇ……！」

大きく息を吐き、周囲をちらちら。

「仕方ない、やるか……！」

おもむろに立ち上がり、部屋を出た。静かに通路を歩く。

分岐路がやってきた。真っ直ぐ進むか、右に曲がるか。曲がれば浴室がある。

「いつか必ず……！」

浴室を一瞥《いちべつ》して真っ直ぐ進んだ。

ほどなくして左手にトイレの扉が見えた。

素早く中に入り、ズボンとパンツをずらして便座に腰を下ろす。懐からスマホを取り出し、セクシーな動画の集う怪しいサイトへアクセス。

麻衣や美咲に似た女の動画を視聴する。音声をオフにし、脳内で声を妄想。

『風斗君のあそこ、パンパンに膨らんでいますよ』

『どう、風斗？　気持ちいい？』

『あっ、風斗君、いきなり、そこっ、あっ！』

『風斗！　私にも、ちょうだい、ちょうだい！』

――――……。

「ふぅ」

スッキリ。溜まっていたものが解放された。

「これで三時間は煩悩《ぼんのう》と無縁の生活を送れるはずだ」

消臭スプレーを撒いてからその場を後にした。

【調理場の拡張、不用品の処分】

夜が明けて、謎の無人島生活3日目――。

8時ちょうどに目が覚めた。想定よりも一時間早い起床だ。徘徊者戦で大して疲れなかったせいだろう。軽くストレッチをしたら日の光を浴びるため外へ。

拠点の出入口付近で美咲を発見した。行く手を阻む哀れな〈棘の壁〉を撤去している最中のようだ。

「おはようございます、風斗君」

「おはよう……って、何だその格好⁉」

美咲は男物の白いシャツを着ていた。しかも身長172センチの俺でちょうどいいサイズの代物。140センチ台半ばの彼女にはダボダボで、丈が膝の辺りまで伸びている。

加えてズボンの類を穿いていない。シャツをワンピースとして着ているようだ。そのせいでピンクのパンティーが見え隠れしていた。あと何故か裸足だ。

「可能な限り衣類にかけるお金を減らそうと思いまして」

「この拠点には俺という男がいるんだ。もう少し目に優しい服装を……」

「すみません」

ここで美咲がブラジャーを着けていないことに気づく。乳首がシャツに透けていた。

俺は視界に映る奇跡を脳に焼き付けてから顔を背けた。

「ところで、その格好で外に行くつもりだったのか？」

「いえ、朝食を作るため調理場へ行こうとしていました」

調理場はフェンスと出入口の間にあり、そこへ行くには〈棘の壁〉が邪魔だった。

「手伝うよ」

「ありがとうございます」

美咲と〈棘の壁〉を解体する。何重にも巻いたテープを剝がすのには苦労した。

「風斗君、お願いがあるのですが……」

「ん？」

「自分のポイントを使うので調理場を拡張させてください」

「もちろんかまわないよ。自分のと言わずギルド金庫のポイントを使おう。俺も可能な限り寄付する」

「いいのですか？」

「もともと調理スペースを拡張する予定だったんだ。問題ないさ」

「ありがとうございます！」

今の調理場は、そう呼ぶに値しない簡素な環境だ。通路の壁際にオーブンレンジやらが置いてあるだけ。

「拠点の拡張方法は分かる？」

「何となくですが、たぶん分かります」

「なら自分で好きなように拡張してくれ」

俺は〈取引〉を使い、美咲に手持ちのポイントを渡した。

「本当にありがとうございます」

「どういたしまして。ただ、調理場はもう少し奥に作ってほしい。拠点に入ってすぐだと、防壁を突破された際に徘徊者が流れていく可能性がある」

「分かりました！」

美咲は嬉しそうに作業を開始した。

まずはフェンスを設置している辺りの壁を拡張して新たな分岐路を作る。そこから奥に向かって拡張を進めていき、ほどなくしてキッチン用のスペースが完成した。

今度は設備だ。照明や換気扇、安物のシンクなどが設置されていく。

あっという間にキッチンができあがった。

「いい感じだな。折角だからテーブルも設置してダイニングキッチンにしようぜ！」

俺は金庫から3万ｐｔを引き出してスペースを二回拡張した。残った1万ｐｔでダイニングテーブルを自作する。木材を加工するだけでいいから楽なものだ。既製品だと数万するが、自作なら1万でもお釣りがくる。

「テーブルに見合った椅子も設置して……完成だ！」

「素敵なテーブルですね！」

「どうも。ポイントが貯まったら調理器具や食器を増やしていこう」

「はい！」

美咲が改めて「ありがとうございます！」と頭を下げる。深々としたお辞儀によって、ノーブラの胸がぷるんぷるん動いていた。俺の凝視は免れない。眼福だ。

「さて、ポイントを稼ぐとするか」

「漁に行くのですか？」

「いや、漁は朝食後の予定だ」

「すると魔物の狩りに？」

「それも不正解。通路に転がっている槍を売るのさ」

俺たちの拠点には手作りの槍が大量にある。〈棘の壁〉の残骸だ。

「誰に売るのですか？」

「さぁ？　誰が買うかは分からない」

「え？」と驚く美咲。おそらく〈販売〉のことを知らないのだろう。

「〈ショップ〉のカテゴリに『ユーザー』という項目があって、そこで他人が売りに出した物を買えるんだ」

「なんと」

「出品方法は、コクーンを開いて〈販売〉を押すだけだ」

「知りませんでした」

さっそく全ての槍を売ることにした。販売価格は材料費と同額に設定。早く売れてほしいので採算度外視だ。後で必要になったら〈マイリスト〉を使って召喚すればいい。

「よし、出品完了だ」

「売れるといいですね」

「だな」

数分間、美咲と二人でスマホを眺めた。

しかし、どれだけ待っても一本すら売れない。

「時間が悪いのでしょうか？」

「それもあるだろうし、出品に気づいていないのかも」

他人の出品物を確認することは滅多にない。既製品ないし自作で事足りるからだ。

「宣伝してみよう」

グループチャットで声を掛けた。出品していることと、そこに至った経緯を説明する。

すると――。

「お、一本売れたぞ」

通路にある槍の束から一本が姿を消した。相手のもとへ転移したのだろう。

「風斗君、また売れましたよ！」

「お、さらに売れたぞ！」

その後は爆売れだった。次から次に捌《は》けていき、あっという間に完売。

「思ったより需要があるもんだな」

「ですねー、びっくりしました」

グループチャットで状況を確認する。

俺の槍は他所で作られた物に比べて安くて性能がいいようだ。具体的には穂が外れない点を評価されている。

皆が作る槍は振り回すと穂先が抜けて飛んでいくらしい。それを防ぐために手を加えると材料費が跳ね上がるとのこと。

「どうして風斗君の作った槍は穂先が外れないのですか？」

「たぶん包丁の作り方を参考にしたからだろうな」

「包丁の？」

「もっと言えば〈中子《なかご》〉を備えることにしたんだ」

「中子？　何ですかそれは」

「包丁を解体すると分かるんだけど、刃の根元は細長い棒状になっていて、その部分を柄《え》に差し込んで固定しているんだ。この棒状の部位が中子だ」

「それを槍作りにも活かしたと」

「そうだ。槍の正しい作り方が調べても分からなかったからな。といっても、包丁の作り方を丸々流用したわけじゃない。俺は職人じゃないから、中子と柄を固定するのに超強力な接着剤を使ったよ」

「なるほど」

グループチャットでは俺の槍を求める声がたくさん出ている。他人の作った物は〈マイリスト〉に登録できないので、必要なら俺から買うしかなかった。

「この様子だと槍の販売で荒稼ぎできそうだな……」

少し値上げしても問題なく売れるだろう。

だが、俺は値上げせずに売り続けた。材料費と同じ額なので利益はゼロだ。

「どうして値上げしないのですか？　ポイントを稼ぐチャンスですよ」

「ここで値上げするとポイントに執着している印象を与えかねない。転移前ならそれでもよかったんだけど、どういうわけかこの島での俺は『情報通のいい人』や『皆のことを思って頑張る英雄』という認識だ。だったら、英雄らしく振る舞っておこう。いつか恩返しをしてもらえるかもしれない」

おー、と拍手する美咲。

俺は「ふふん」とドヤ顔。

「とはいえ、在庫を抱えるのは避けたいので……」

売れ残った分は値上げする、とグループチャットに書いておく。ここで聖人になりきれないのが俺という人間の底の浅さだろう。

「本当によく売れるなぁ、俺の槍は」

少しぐらい値上げしてもよかったな、と密かに後悔。

そんな俺を見て、美咲はクスクスと笑った。

「やっぱり値上げしておくべきだったと思っていませんか？」

「……バレた？」

「風斗君は顔に出やすいタイプなので分かりますよ」

最終的に、追加生産分も含めて約３００本も販売した。

それによる利益は脅威の０ｐｔ。

損したわけでもないし、皆に感謝されたので良しとしよう。

【栽培の成果がヤバい件】

服を着替えた美咲が朝ご飯の調理を開始。格好は概ね昨日と同じだが、靴はヒールからスニーカーに変わっている。あとハリネズミのイラストが入ったエプロンを掛けていた。

「ふんふんふーん♪」

料理をしている時の美咲は機嫌がいい。謎の鼻歌を口ずさみ、動きもリズミカルだ。

大きな胸が躍っていて俺の機嫌もいい。

(後ろから見ると高校生どころか小中学生にすら見えるな)

俺はダイニングテーブルでリンゴの皮剝きを進めていく。もちろん包丁ではなくピーラーを使っている。俺に包丁を使わせたら指が飛ぶ。

これは料理の手伝いというよりポイント稼ぎの側面が大きい。美咲と相棒関係になることでポイントの獲得効率を高めていた。ついでに【料理人】の経験値も稼いでいる。

「美咲、リンゴの皮剝きってこれでいいのか？」

美咲は振り返り、リンゴを見て「上出来です」とニッコリ。

「おはよー！　って、なんか調理部屋ができてるぅ！」

ここで麻衣が登場。彼女だけは予定通りの時間に起床した。

「おう、おはよ……って、美咲の次は麻衣かよ！」

「ほぇ？」

「ほぇじゃねぇ！　服だよ！　服！」

麻衣は首に巻いたタオルと紐パンのみという格好。服はおろかブラすら着けていない。鎖骨から胸、ヘソ、太ももに至るまで丸見えの欲張りセットだ。

「服？　着ていないけど？」

当たり前のように言ってのける麻衣。裸を見られているとは思えない反応だ。

「分かってるって！　服を着ろよ！」

「えー、まだ朝のシャワーから出たばっかで体が火照っているんだけど」

「えーじゃねぇ！　美咲といい麻衣といい、破廉恥《はれんち》な姿を見られるのに抵抗がないのか！　君らの貞操観念はどうなってるんだ⁉」

「貞操観念とかおっさんかよー。そりゃ普通の男子なら嫌だけどさぁ。ほら、私らって運命共同体じゃん？　家族みたいなもんじゃん？　だから特別にいっかなーみたいな？」

「分かります」と頷く美咲。

「いや、分かんないから！」

「なんだよぉ、うっさいなー。私の裸が見られて嬉しいくせに！」

「たしかに悪い気はしないが……って、そういう問題じゃないだろ！」

「はいはい分かりましたよーだ。後悔しても知らないからなー」

麻衣はブツクサ言いながら出ていき、服を着て戻ってきた。

「うるさい風斗もこれでご満足かな？」

「まぁな」

答えた後、俺は自問した。

服を着ろと言ったのは間違いではなかったのか、と。

何だか損をした気がしてきて、今になって後悔した。

「グルチャ見たよ。風斗、〈棘の壁〉を解体したんだね」

「苦労したぜ」

「槍を売ったのは賢いと思うけど、何で材料費と同じ価格でばら撒くのよ。少しくらい色つけても良かったでしょ。あれだけ売れたら結構な利益になっただろうし」

「美咲にも同じ事を言われたが……いい人らしく振る舞おうと思ってな」

「勿体《もったい》ないなぁ！」

麻衣はスマホを操作しながら俺の向かいに座る。

「美咲は朝ご飯を作っているとして、風斗は何しているの？」

「手伝いだよ。相棒システムを活かして効率よく稼ぐためにな」

「おー、考えたね！　そういうことなら私と代わってよ！　風斗、料理に興味ないんでしょ？　私は美咲に教わりたいし！」

「いいぜ」

美咲との相棒関係を解消し、〈履歴〉を確認。

約500Ptと端金《はしたがね》だが入っていた。【料理人】も習得している。

「料理の腕を上げて結婚に備えるぞー！」

麻衣がパジャマの袖を捲《まく》る。

「結婚するならまず相手を見つけないとなぁ。ま、今の性格じゃ無理無理の無理だな！」

がははと笑う俺。我ながらパンチの利いたセリフだと思った。〈棘の壁〉の件で散々からかわれた仕返しだ。

しかし、美咲が「言い過ぎでは？」と言いたげな顔で見てきたので不安になる。

「童貞君は他人のことより自分の心配をしましょうねー」

「――!?」

麻衣は怒るどころかニッコリと笑った。

「私はその気になればいくらでも相手を見つけられるけど、風斗の童貞はその気になったら卒業できるものかな？　私には難しいと思うなぁ。今の性格じゃ無理無理の無理！」

「おい！　童貞煽りはライン越え、レギュレーション違反だろ……！」

俺は涙目で項垂れた。

◇

「さーて、お待ちかねの収穫タイム！」

朝食後、麻衣がダイニングにプランターを運んできた。

「すげぇな、本当に熟していやがる」

大玉のトマトがたくさん生っていた。実の数は花房ごとに5個、全て合わせると20個になる。どれも真っ赤に熟していて美味そうだ。

「プランターを使った栽培で20個も採れるとはすごいですね」

そう言う美咲に対し、俺と麻衣は「いや」と首を振った。

「もっと生る予定だったんだよねー」と麻衣。

「そうなんですか？」

「サイトにはミニトマトレベルで実が生ると書いてあったもん」

「大玉のトマトがミニトマトレベルで……想像できません」

「ま、先人と俺たちでは細かい部分で何かと違っている。それに実の数は大した問題じゃない。サイトの情報通りに稼げるなら、実の数がこれだけしかなかったとしても、規模を大きくすれば日に数百万は稼げるはずだ。それだけあれば十分だろう」

麻衣は「そだね」と同意し、専用のハサミを取り出した。

「では収穫していきまーす！」

俺と美咲が見守る中、麻衣が作業を開始。丁寧に一つずつ切り取っていく。

「採った実は消えるとのことだったが……」

「消えませんね」

「この点もサイトと違うようだ」

俺は竹編みの籠を用意し、地面に置かれたトマトを入れていく。

「これで……ラスト！」

麻衣が「えいやっ」とハサミでチョキン。

最後の実を収穫した瞬間、プランターの中が只の土と化した。茎やら何やらといったトマトの要素が一瞬にして消えたのだ。ただし、収穫した20個の実は残っていた。

「ポイントはどうだ？」

先人と同じ環境なら、大玉のトマトは一個につき約５００ｐｔの稼ぎになる。今回は20個収穫したので1万ｐｔほど稼いでいれば及第点。

しかし、結果は――。

「1，０００ｐｔしか入ってない……」

「マジかよ」

麻衣が悲しそうにスマホを見せてきた。たしかに1，０００ｐｔしか入っていない。種代の５００ｐｔを差し引くと稼ぎは５００ｐｔしかない。

しかも全ての実を回収し終えるまでポイントが発生していなかった。先人の環境では実を収穫するごとにポイントを獲得していたのに。

実の数からポイントの発生タイミングまで何もかも違う。これでは規模を拡大しても労力に見合った稼ぎを得られない。

「グルチャを確認してみるか。栽培は他のチームも積極的に導入している。何かしらの報告が上がっているはずだ」

この考えは正しかった。

グループチャットの話題は栽培で持ちきりだったのだ。

他所も俺たちと同じで1，000ｐｔしか獲得していない。作物の種類は関係ないようだ。

これには誰もが絶望していた。栽培による収入を頼みの綱にしていたのだろう。

無理もない。この島から脱出するには莫大なポイントが必要になる。

船が非常に高いからだ。少人数用の小型帆船ですら200～300万。日に数万程度の稼ぎではいつ買えるか分からない。

かといって、自分たちで作るというのは非現実的だ。命を預ける乗り物を自作で済ませるのは流石に無理がある。

レンタルもできるが望ましくない。脱出時にコクーンを削除する可能性が高いからだ。

アプリが消えると同時に船も消えかねない。

「栽培を極めようとしている人がいるみたいですよ」

ボソッと美咲が言った。

俺たちの意見を聞きたいようだ。

「俺は微妙だと思うけどなぁ」

「【栽培者】のレベルが全然上がらないからね」と麻衣。

作物を収穫することで【栽培者】のスキルを習得できる。効果は【漁師】や【料理人】などと同じだ。

先程の収穫によって、麻衣の【栽培者】レベルは1になった。

「一度の収穫で【栽培者】のレベルが20くらい上がるなら話は変わってくるんだけどな。今の仕様ならペットボトルトラップの方が格段に優れているよ。【漁師】と【細工師】の両方を上げられるし、ポイントの獲得効率もいい」

「栽培は場所を取るのもダメだねー」

「なるほど、参考になります」

「そんなわけで、残念ながら現状だと栽培は使えない。とはいえ嘆いても仕方ないし、予定通り漁や料理を進めながら別の金策を検討していくとしよう」

「分かりました！」

美咲が元気よく同意する一方、麻衣は「んー」と渋い反応。

「どうかしたのか？　麻衣」

「実は栽培がダメだった時に備えて別のプランも用意してあるんだよね」

「がっつり稼ぐ当てが他にもあると？」

「昨日は作業そっちのけで情報を収集していたわけだし、この程度のことは想定しておかないとダメでしょ」

「流石だな」

「ただね、この方法は滅茶苦茶リスキーだと思うの」

「それで今ひとつ浮かない表情なのか」

「まぁね」

「とりあえず話を聞かせてくれ。実行するかどうかはそれから考える」

「りょーかい！」

ダイニングテーブルにつく俺たち。

俺と美咲が並んで座り、麻衣は俺の真正面に腰を下ろした。

「その方法って言うのがさ――」

麻衣はテーブルに肘を突き、顔の前で手を組んで話し始めた。

【一攫《いっかく》千金を目論《もくろ》む】

「緊急クエストでボス退治だと？」眉間に皺を寄せて腕を組む俺。

「そうそう。緊急クエストの報酬は拠点じゃなくてポイントの場合もあるの」

「グループチャットでそんな話を見た記憶があるな……」

たしか転移初日に誰かが報告していたはず。他にもダンジョンがあるとか何とか。

今まで失念していたのは話の出た時期が悪かったから。まだ全体的に浮き足立っていて情報が錯綜《さくそう》している頃だった。加えて続報がなかったのですっかり忘れていた。

「昨日、個別チャットで色々な人から情報を集めてみたの」

「それで何か摑んだのか」

「クエスト報酬の傾向が分かったよ」

「ほう？　具体的に頼む」

「小さな洞窟に近づくと拠点系のクエストが発生するように、ポイント系のクエストも発生場所が決まっているみたい」

「どこなんだ？」

「湖よ」

〈地図〉によれば、この島には無数の湖が存在している。

「もちろん湖以外の場所でも緊急クエストが発生する可能性はある。でも、昨日の情報収集だと他は分からなかった。とりあえず湖は確定でいいと思う」

「それで、湖のボスとやらを倒せばいくら稼げるんだ？」

「数百万」

「「数百万!?」」

俺と美咲は同時に驚いた。二人して目ん玉が飛び出そうになっている。

「最低でも100万、最高だと300万まで確認できたよ」

「すごい額だな。報酬額の差が気になるところではあるが」

「たぶん難易度によるんじゃない？　私はそう推測しているけど」

「だろうな。それにしても数百万か」

「緊急クエストのボスは軒並み尋常じゃない強さらしくて、私の調べた限りだとクリアしたチームはまだいない。私たちは三人しかいないし厳しいとは思うけど……」

「試してみる価値はあるな」

「そう思う。この拠点を獲得した時と同じで、ヤバい時は普通に逃げられるっぽいし」

「なるほど」

俺はスマホを取り出し〈地図〉を開いた。縮尺を調整し、最寄りの湖を拡大表示。

それを二人に見せた。

「近いのはこの湖だ。マウンテンバイクで40分程の距離だな」

湖はここから栗原たちの拠点へ行く途中にある。

「問題なければ今から向かおうと思うが大丈夫か？」

「いいよ！　善は急げってね！」

「私も大丈夫です」

「オーケー」

今日の予定を変更し、俺たちは湖へ行くことにした。

◇

湖へ向かうまでの間に作戦を練った。

拠点を獲得した時と同様、まずは様子見で撤退を繰り返す。安全に戦えることを確認したら本腰を入れて取りに行く。戦い方についても、まだ見ぬ敵の姿を想像しながら考えた。

だが、それらは全て無駄に終わった。

先客がいたのだ。

栗原である。身長190センチを超える筋肉質のドレッドヘアなのですぐに分かった。

傍には仲間の男子が30人。吉岡もいる。女子の姿は見当たらない。

タッチの差で先着されたようで、戦闘はまだ始まっていなかった。

今は湖の手前にある開けた場所で準備を進めている最中のようだ。竹を加工して作ったと思《おぼ》しき弓矢を装備して連携を確認している。

栗原は俺たちの登場に驚いた後、美咲を見て表情を緩めた。

「美咲ちゃん、もしかしてそいつらとボスに挑む気か？」

「そのつもりでしたが……栗原君も同じ考えでしたか」

「まぁな！　つーか美咲ちゃん、やめたほうがいいよ。三人で勝てる相手じゃねぇって」

「そうなんですか？」

「ああ、半端ないぜ。昨日はまるで歯が立たなかったからな」

ここで遭遇しただけでも意外なのに、なんと昨日も挑戦していたとは。連中の動きの早さには驚かされた。数十人で挑んで負けたという事実にも衝撃を受ける。

俺たち三人は早くも絶望しかけていた。

「おい、漆田」

栗原が大股で近づいてくる。

「お前が無茶こいて死ぬ分にはかまわないが、美咲ちゃんを巻き込むんじゃねぇ」

えらくドスの利いた声だ。明らかに怒っていて目つきも鋭い。

しかし、不思議と怖さは感じなかった。だからビビることなく言葉を返す。

「無茶かどうかはやってみないと分からないだろ」

栗原は鳩《はと》が豆鉄砲を食ったような顔をした。言い返されるとは思っていなかったようだ。何がお気に召したのか、「言うじゃねぇか」と笑っている。

「その心意気はいいと思うぜ。だがな、残念ながらお前の出番はねぇよ。ここのボスは俺たちが倒すからな」

「それはかまわないけど、折角だし見学させてもらってもいいか？」

「あの木よりも後ろからなら好きにしてくれていい」

「どうも」

栗原の指定した木に向かう。

「美咲ちゃん、俺のところに戻ってきてくれよ。そっちと違って危険なことはしなくていいんだぜ」

「ありがとうございます。でも、ごめんなさい」

「そうか……」

栗原は不満そうに唇を尖らせた。

「栗原って美咲に気があるよね」

麻衣が耳打ちしてくる。

俺は「だろうな」と頷いた。

「何の話をしているのですか？」

美咲が覗き込むように俺を見る。

彼女は俺に尋ねたが、答えたのは麻衣だった。

「栗原って美咲のこと好きだよねって話していたの」

美咲は「そんな馬鹿な」と即否定――はしない。

「なるほど」と、無表情で言った。

「美咲はどうなの？　生徒と教師の禁断の恋とか！」

茶化し気味に踏み込む麻衣。

どう反応するか気になって、無言で返答を待つ俺。

「禁断の恋ですか」

「うんうん！」

「どうなんでしょう」

微笑むだけで、美咲は回答を避けた。

「お前ら！　準備はできたか？」

栗原の声が響く。木々がざわついた。

「いつでもいいぞ、クリ。始めてくれ」

吉岡が言うと、栗原はスマホに目を向けた。緊急クエストを受けるのだろう。

「弓を構えろ！」

30人の男子が一斉に矢をつがえる。まるで軍隊のように統率された動きだ。

「いくぞ！」

栗原がスマホをタップする。その瞬間——。

「フシャアアアアアアアア！」

湖に巨大な蛇が現れた。優に20メートルを超える巨体が、水上でとぐろを巻いている。

「なんだありゃ！　ビルかよ！」

「でかっ！　あんなの勝てるの!?」

「すごいですね……」

愕然とする俺たち。

栗原が遠距離戦闘に特化した理由が分かった。あの相手に突っ込んで武器を振り回すのは不可能だ。

「呆《ほう》けている場合じゃねぇや」

慌てて〈クエスト〉を開く。案の定、緊急クエストが発生していた。

【内容】リヴァイアサンに勝利する

【報酬】2，000，000pt

受注することはできない。栗原が受けているからだ。

「放て！」

栗原の合図で無数の矢が放たれた。

それらの矢はリヴァイアサンに強烈なダメージを与える。

――というのが、栗原の目論みだったのだろう。

現実は違っていて全く通用しなかった。当たらなかったり、届かなかったり。運良く当たっても威力が足りなくて弾かれていた。

理由は技量不足に他ならない。連中に弓術の心得がないことは素人目にも明らかだ。にもかかわらず和弓を使っている。

和弓はアーチェリーで使われる洋弓に比べて扱いが難しい。その上、威力を上げようと大きめのサイズを選んだのも失敗だ。尚更に扱いづらくなっていた。

和弓を選んだこと自体は悪くないが、それなら最低でも一週間は練習するべきだ。

「ええい、不甲斐ない奴等め！」

そう言って矢を放つ栗原。

奴の矢だけはリヴァイアサンに刺さっていた。弓術の経験があるかは不明だが、立派な戦力として機能している。とはいえ、彼の攻撃だけではダメージが足りない。

リヴァイアサンは平然としていた。

「グゥゥゥ……！」

リヴァイアサンが大きく仰《の》け反る。

「何か来るぞ」

身構える俺たち。

栗原チームは俺たち以上に鋭い反応を見せた。

「回避だ！　回避！」

栗原が叫ぶ。

次の瞬間、リヴァイアサンが水の塊を吐いた。

狙いは近くにいた数名の生徒。

彼らは弓を捨てて全力で回避に徹する。

水の塊は地面に着弾し、派手な爆発音と共に炸裂《さくれつ》。窪《くぼ》みができる程の威力だ。

「「うわぁぁぁぁ！」」

炸裂時の衝撃で数人が吹き飛んだ。直撃すれば即死もあり得た。

「やべぇな、あの攻撃」

麻衣と美咲が頷く。

「クソッ、美咲ちゃんが見ているってのに、こんな……」

栗原は美咲を一瞥し、舌打ちする。

それから、ヒョロガリのメガネ男子――矢尾に近づいていった。

「まともに攻撃できないならせめて前に出て盾になれ！　ゴミが！」

背後から矢尾の背中を蹴り飛ばす栗原。酷い八つ当たりだ。美咲にいいところを見せられなくて苛ついたのだろう。かえって美咲の心証を悪くすることは確実だった。

「おい、クリ！　何してんだ！」

「うるせぇ吉岡！　文句を言うなら敵にダメージを与えてみろ！」

栗原の首筋に怒りの血管が浮かぶ。こうなっては勝てる戦いも勝てない。ただですら絶望的な戦いなので、もはや勝ち目はなかった。

「無理だぁああああああ」

「ひぃいいいいいいいいい」

栗原チームは崩壊。メンバーが次々に戦線を離脱していく。

「おい！　逃げるな！　戦え！　追放すんぞ！」

栗原の声に耳を傾ける者はいない。追放するという脅しも効果がなかった。

「クリ、撤退しよう。また今度リベンジすればいい」

「……クソッ！　クソがぁああああああ！」

栗原は「あああああああ！」と怒鳴りながら弓を叩きつけた。

そして、俺たちのほうへ走ってくる。

彼が目の前に来た瞬間、リヴァイアサンがスッと消えた。

緊急クエストがキャンセルされたのだ。

敵が消えたのを確認すると、栗原は美咲を見た。

「……ダサいところ、見せちまったな」

「そんなことありませんよ、お疲れ様でした。でも、あとで矢尾君に謝ってくださいね。ああいうことをしてはいけません」

いく。

言い終えると、栗原はこちらに背を向けた。俺の返事を待たずに「じゃあな」と離れて

「見て分かったろ、三人ぽっちで勝てる相手じゃねぇんだ。諦めて引き返せ。戦うにしてもお前と夏目の二人で戦え。美咲ちゃんを巻き込むな。美咲ちゃんに何かあったら俺がお前を殺す。分かったな」

栗原は申し訳なさそうな顔で頭を掻く。それから、ギッと俺を睨んだ。

「……分かってるよ」

そのまま仲間とマウンテンバイクで去っていった。

「……すごかったね、湖のボス」

「思っていたよりも危険そうです」

「私、栗原の作戦は悪くなかったと思うんだよね。相手は湖の上にいるんだし、弓で戦うしかないじゃん。でも、全く通用していなかった。数十人で挑んであれだと、私らじゃどれだけ頑張っても無理だよ」

美咲が「ですね」と同意する。

二人はすっかり諦めモードだ。

しかし、俺は違っていた。

「いや、それはどうかな」

「どうかなって……あんなの無理でしょ。見ていなかったの？」

「見ていたさ、しっかり見ていた。その上で思ったんだ――勝てるんじゃねぇかって」

「えっ」

ホラでも何でもない。俺はたしかな勝機を見出《みいだ》していた。

【リヴァイアサン】

「——とまぁこんな感じだ」

俺は対リヴァイアサンの作戦を説明した。

それを聞き終えた麻衣の感想は——。

「たしかに前提条件さえクリアしていれば成功しそう！」

前向きなものだった。

美咲も「画期的な案だと思います」と太鼓判。

「ただし、かなり危険な作戦だ。攻撃面はおそらく大丈夫だが、防御面では不安が残る。敵の攻撃を凌ぐ必要が出てくるからな」

正直、リヴァイアサンとの戦いは割に合わない。報酬の２００万は大金だが、命を懸けてまで欲しい額ではなかった。今ですら頑張れば４日で稼げる。今後スキルレベルが上がれば２、３日で稼げるようになるだろう。

「分かっていると思うが、リスクを考えるなら戦う価値はない」

「でも私は戦いたいんだよね。怖いけどワクワクするし、倒し甲斐だってあるじゃん？

誰も倒したことのない敵って」

「俺は自分の作戦が通用するか試したいって気持ちが強い」

「私も風斗君の作戦を試してみたいです」

「ふっ、つまり三人とも馬鹿ってことでいいな？」

麻衣と美咲が笑いながら頷く。

「決まりだ」

俺たちは三人で戦うことにした。

栗原たちが数十人で挑んで手も足も出なかった相手と。

◇

作戦が通用しそうか調べるため、俺は単独でクエストを受けることにした。

「準備はいいか？」

始める前に麻衣と美咲を見る。

二人はそれぞれ離れた位置でスマホを構えていた。

「いいよー！」

「こちらも大丈夫です」

「始めるぜ」

緊急クエストを受注。

「フシャアアアアアアアアアア！」

リヴァイアサンが現れた。

その瞬間、後方からシャッター音が二度響く。二人が撮影したのだ。

俺はすかさず後退し、リヴァイアサンを消す。

その後も同じ要領で何度か撮影。クエストを受ける際の立ち位置だけは毎回変えた。

「このくらいでいいだろう」

何度目かの撤退が終わったところで二人と合流。撮影結果を見せてもらう。

麻衣は敵の位置を、美咲は俺の位置を撮影していた。

「思った通りだな」

リヴァイアサンの位置が常に同じだ。出現時から消えるまで一切変わらない。そんな気はしていた。栗原たちが戦っている時、敵は少しも動いていなかったのだ。

俺の考案した作戦の前提条件――それが「敵がその場から動かないこと」だ。

さらに出現場所まで毎度同じだと分かった。寸分の狂いもなく、常に同じ場所に同じ向きで現れる。俺が真下に立っていようが関係ない。出現時は必ず前方の木を見ている。

「これって最高に理想的な条件だよね!?」

「そうだな」

作戦の成功はほぼ確定したようなものだった。

◇

戦闘に備えて武器を作ることにした。

栗原の作戦に誤りがあるとすれば、それは武器の選択だろう。和弓などという上級者向けの武器を選んだのは致命的なミスだ。

初心者が使うならクロスボウのほうがいい。栗原がそのことに思い至らなかったとは考えにくい。採用しなかったのには何かしらの理由があるのだろう。

なんにせよ、おかげで俺たちにチャンスが回ってきた。有効に活用させてもらうとしよう。

「完成したぞ」

「こっちもできたよん！」

「私も作れました」

俺たちが作った武器は――バリスタ。

古代の戦争で使われていた据え置き型の大型弩砲《どほう》だ。和弓よりも更に大きく、且《か》つ破壊力のある攻城兵器。和弓と違って扱いやすい優れ物だ。

バリスタの作り方はネットで調べればすぐに見つかる。古代兵器なので構造が単純だし、材料さえあれば作るのは簡単だ。材料は〈ショップ〉で調達するので問題ない。さながらプラモデルを組み立てるような感覚で作ることができた。

必要なパーツが少ないので材料費も安く済んだ。装塡《そうてん》している巨大な矢も含めて、1台当たり約5，000pt。自作の場合はパーツの数がコストに直結する。

製作したバリスタは〈マイリスト〉に登録しておいた。これで壊されても安心だ。

「準備はいいかな？」

三方向に展開して照準を定める。

「いつでもいいよー！」

「こちらも問題ありません」

いよいよ戦闘の時——。

「始めるぞ」

俺は緊急クエストを受注した。

「フシャアアアアアアアア！」

何度となく見た登場シーン。

登場の1秒後、幻想的で威圧的な大蛇が俺たちに気づく。

「撃て！」

固定砲台から一斉に矢が放たれる。

目にもとまらぬ速度で一直線に飛び、リヴァイアサンを貫いた。

「グォオオオオオオオオオ……！」

リヴァイアサンが痛みにもがいて頭部を振り回している。それでも湖に面しているところの部分は動いていない。

「まだ生きているぞ！　二発目をお見舞いしてやれ！」

矢の装填はスマホで行う。〈マイリスト〉を開き、バリスタに向かって復元を実行。使用前——つまり矢の装填された状態に戻った。

「食らいやがれ！」

間髪を容れずに第二射をお見舞いする。

敵がその場から動かないため、これもしっかり命中した。リヴァイアサンの巨躯に無数の風穴が開き、そこから毒々しい色の血が滝のように流れている。

しかし、二度目の攻撃でも倒しきることはできなかった。恐るべき生命力だ。

「まだ死なないの!?」

「凄まじい耐久度ですね……」

「こんな化け物が報酬２００万はおかしいだろ」

愕然としつつ、次の攻撃準備に移る。

ダメージを与えていることはたしかだ。このまま戦えばいずれ勝てる。俺たちの資金か敵の命、どちらが先に尽きるかのチキンレースだ。

と、そこへ——。

「グォオオオオオ……！」

リヴァイアサンが大きく仰け反った。

「――！　来るぞ！　攻撃だ！」

すかさずバリスタを放棄して回避態勢に入る。水の塊はそれほど速くないので、限界まで距離を取れば避けるのに苦労しない。

だが、しかし――。

「嘘!?　水の塊じゃないじゃん！」

「他の攻撃パターンもあったのかよ！」

リヴァイアサンの口から放たれたのはレーザーだった。右から左へ半円状に照射し、俺たちの設置した3台のバリスタを同時に破壊した。

敵の狙いは俺たちではなくバリスタにあったのだ。

「知らない攻撃だが問題ない。作戦続行だ！」

再びバリスタを設置する。

「グォオオオオオオオオ！」

リヴァイアサンが攻撃態勢に入った。

「させるか！」

定まりきっていない照準で攻撃。

矢は敵に向かって飛んだが、残念ながら少し逸《そ》れた。

直撃ではなく鱗《うろこ》にカス当たり。それでも攻撃を中断させるのには成功した。

「今だ！　撃て！」

二人が両サイドから狙撃する。敵の胴体を的確に捉えた。

「グォ……」

リヴァイアサンが倒れる。巨大な頭部が湖の外――前方の地面に横たわった。半開きの口から長い舌を伸ばし、目を瞑ったまま動かない。

「消えないってことは生きているんだ。追撃するぞ！」

もう一押しで屠《ほふ》れる。

しかし、ここで問題が発生した。

「風斗、ポイントが足りなくて復元できない！」

「こちらもです！」

「クソッ、俺もだ！」

矢を装填するだけのポイントが残っていなかった。

朝食後すぐに来たことが響いている。

結果論だが、事前にいくらか稼いでおくべきだった。

「勝てることは分かったし、ポイントを貯めて出直そうよ！」

麻衣が現実的な提案をするが、俺は首を横に振った。

「ダメだ！　クエストをキャンセルすると回復しちまう！」

ここで撤退するとこれまでの努力が水の泡だ。次も善戦できるとは限らない以上、出直すという選択肢はなかった。

「俺に任せろ！」

「風斗君⁉」

「ちょ、何をするつもり⁉」

「敵は陸にダウンしているんだ。ならば――！」

俺は鞘から刀を抜いて駆け出した。

「敵に斬りかかるの⁉」

「危険だからやめてください！」

二人が止めてくるが無視する。というより、体が勝手に動いて止められなかった。

「うおおおおおおおおおおおおおおお！」

死ぬ気で距離を詰め、全力で頭部を斬りつけた。

リヴァイアサンは目をカッと見開き、「フシャア！」と悲鳴を上げる。

そして――この世から姿を消した！

「消えたってことは……私たち、もしかして……」

俺は「ああ」と頷いた。

「勝ったんだよ！　俺たちは勝利したんだ！　巨大な蛇に！」

「「「うおおおおおおおおおおおおおおおおお！」」」

両手に拳を作り、天に向かって勝ち鬨《どき》を上げる。

「すごいよ風斗！　本当に勝っちゃったよ！」

麻衣が駆け寄ってきて、勢いをそのままに抱きついてきた。遅れて美咲もやってきて、恥ずかしそうにしながらも加わる。三人で抱き合い喜びをかみしめた。

「まさか本当に勝てるとはな」

自信はあったが、確信はなかった。

しばらくの間、大興奮で勝利を讃《たた》え合った。

「さて、報酬を確認するか」

落ち着いたら〈履歴〉を開いて報酬の確認だ。

「よし、ちゃんと200万ｐｔを獲得したぞ。いや、それ以上の稼ぎだ」

「それ以上？」

「クエスト報酬とは別に討伐報酬もかなり入っている。骸骨戦士と違ってリヴァイアサンは倒すとポイントが発生するようだ。討伐報酬は二人にも入っていると思うぜ」

麻衣と美咲が自らのスマホを確認する。

「本当だー！　めちゃ入ってる！」

討伐報酬は諸々の補正込みで約150万。

「見て見て！　スキルレベルがすごいことになってる！」

麻衣に言われて気づいた。【狩人】のレベルが2から9へ上がったことに。

スキルを習得していなかった二人ですら5になっていた。

「討伐報酬とクエスト報酬を合わせると約350万。贅沢《ぜいたく》できちゃうね！」

麻衣は早くも〈ショップ〉を開いてウキウキしている。

一方、俺は真剣な顔をしていた。

「今回の稼ぎについてなんだが——」

「ん？」と、こちらを見る麻衣。

「——船の購入に充《あ》てないか？」

「船？　風斗、それって、まさか……！」

「そう、そのまさかだ」

俺は二人の目を見て言う。

「島を出よう——日本へ帰るんだ」

【川で過ごす】

麻衣は真剣な顔で俺を見る。

「その顔……思いつきで言ったわけじゃないんだね、日本へ帰るって」

「もちろん。今回の戦いが上手くいったら提案するつもりだった」

「いつから考えていたの？」

「本気で考え始めたのは昨日だ。川で美咲と話していて島に長居するのは危険だと改めて思った。島での生活が長期化した場合、徘徊者や病気もそうだが、何より人間同士の争いが怖くなってくる」

「かもね」と短く答え、先を話すように促す麻衣。

「それに俺たちは脱出しやすい環境にあるんだ。鳴動高校集団失踪事件の時よりも」

「なんで？」

「日本まで近いからさ。鳴動高校の連中が転移した場所はどこか覚えているか？」

「小笠原諸島のめっちゃ西のほうだっけ」

「そう、約３００キロメートル西……周りに何もない場所だ。一方、俺たちの現在地は駿河湾の辺り。島の南以外なら15キロ圏内に本土がある」

「その程度の距離なら脱出を阻む悪天候も問題ないと」

「そうだ」

先人のサイトによると、島を脱出しようとすれば悪天候に見舞われるそうだ。濃霧、暴風雨、落雷……喩《たと》えるなら嵐に飛び込むようなものらしい。

「たしかに悪天候は危険だし怖い。しかし、この距離なら問題ないだろう。船の速度は種類や環境にもよるが、シビアな条件でも2ノットは出る。時速換算すると約3・7キロだ」

「つまり遅くても五時間以内には本土に着いているってこと？」

「そういうことだ。しかも、俺たちが乗る予定のスループという船は速い。環境次第では10ノットを優に超える」

「10ノットって時速換算するとどのくらい？」

「約18・5キロ」

「じゃあ一時間かからないじゃん！」

「だから危険な状況に陥ってもゴリ押しで突破できる可能性が高い」

麻衣と美咲が「おお」と感嘆した。

今はポイントだけでなく体力的にも余裕がある。しかし、今後もこの状態を維持できるとは限らない。試すなら早い内がいいのは明白だった。

「距離的には楽でも何かと先人の時より厳しいかもしれない。海にはリヴァイアサンみたいな奴がごろごろいて船を襲ってくる可能性もある。そのことを覚悟の上で俺は挑戦したい。二人はどうだ？」

「私は賛成です。一秒でも早くシゲゾーの……家族のもとへ帰りたいので」

ノータイムで美咲が答えた。

「私も挑戦したい！　不安だけど、可能性があるならそれに賭けたい！」

「満場一致だな——三人で島を脱出しよう」

話し合った結果、決行は明日の朝食後に決まった。本当は今すぐにでも始めたかったが、疲れを癒やしたり考えをまとめたりする時間が必要だ。

◇

湖を後にした俺たちは川に来ていた。ポイントを稼ぎつつ遅めの昼食を堪能する予定だ。

「ボスを倒したことを黙っておくなんてもったいないなぁ。チヤホヤされるまたとないチャンスなのに！」

「インフルエンサーらしいご意見だが、俺は麻衣のようにコミュ力の塊じゃないからな。今ですら過大評価なのに、これ以上は目立ちたくないよ」

「一度きりの人生で輝かないでどうするよ漆田風斗！」

「だったら麻衣が発信すりゃいいじゃないか」

「えー、私はパス！　陰から支える参謀タイプなんで」

「インフルエンサーなのによく言うぜ」

「なっはっは！」

俺と麻衣はペットボトルトラップの製作と設置に励む。既に設置している分は回収し、再設置も済ませてある。石打漁は疲れているのでパスした。

「それに緊急クエストは一度クリアすると受けられなくなるからな。独占する気はないが、下手に共有するとトラブルになりかねない。〈棘の壁〉の失敗を見て、共有する情報を選ぶことにしたんだ」

「私たちの真似をしようとして失敗したら大変だもんね」

本日10個目のペットボトルを設置し終えたところで軽くストレッチ。凝り固まった首を回し、両手を脇腹に当てて背中を反らす。ふぅ、と息を吐いて美咲を見た。

視線に気づいたのか、美咲も俺を見る。

目が合うと彼女は微笑み、俺は後頭部を掻いた。

「もう少々お待ちください」

美咲は河原でBBQの準備中だ。専用のコンロに炭を入れて火を熾している。

川でのBBQということでメインの食材は魚介類だ。もっとも焼くのは川魚ではなく海の幸である。

「悪いな、食事の準備を押しつけてしまって」

「いえいえ、これが私のお仕事ですから」

早くも食欲を刺激する香りが漂い始めていた。

「ねね、風斗、グルチャに載っていない豆知識を教えてあげよっか？」

麻衣が言った。右手にスマホを持っている。

「急だな」

「なんたって今気づいたからね。で、教えてほしい？」

「いや、大丈夫だ」

「おい！」

「仕方ないから聞いてやろう」

麻衣は「やれやれ」と笑いながら話を続けた。

「デイリークエストって一日一種類しかクリアできないんだよ」

「【戦士】のデイリークエストをクリアしたら、その日は【漁師】のデイリークエストを受けられないってことか？」

「そそ！　知らなかったでしょ？」

「うむ。どうして分かったんだ？」

「リヴァイアサンとの戦闘で【狩人】のレベルが5になって、同時に【狩人】のデイリークエストがクリアになったからね。ペットボトルトラップを作ったら【細工師】のデイリークエストもクリアになる予定だったんだけど……」

「クリアにならなくておかしいと思ったわけか」

「正解！」

「その仕様だと特定のスキルに特化したほうが良さそうだな、色々なスキルを満遍なく上げるより」

「私もそう思った！」

話しているとジュージューと心地いい音が聞こえてきた。嗅覚だけでなく聴覚まで刺激してくる。胃袋が悲鳴を上げた。

俺と麻衣は作業を切り上げ、美咲のもとへ向かう。

「わー、美味しそう！」

「きっと美味しいですよ。コクーンの食材はどれも新鮮なので」

「見ているだけで涎が溢れてくるぜ」思わず舌なめずりをする。

そのまま意識がＢＢＱに集中しかけた時、ふとスキルレベルが気になった。確認する程度ならすぐに済むので、直ちにスマホを取り出した。

「おっと、〈ステータス〉を開くつもりが……」

誤って〈履歴〉を開いてしまう。何かする度に〈履歴〉を開く癖が出てしまった。

「これは……！」

〈履歴〉を開いたことでとんでもないことに気づいた。

そのことに衝撃を受けていると――。

「わあああああああああああ！」

突然、麻衣が叫びだした。

目を剝くほどの驚きようを見て、俺と美咲の手が止まった。

【予期せぬ収入源】

「そんなに驚いてどうしたんだ？　まさか麻衣のほうも――」

「リヴァイアサンを倒したことがバレてるよ！」

麻衣は俺の言葉を遮り、興奮気味に言った。

「バレているだと⁉」

グループチャットで確認すると本当にバレていた。栗原チームのメンバーが暴露していたのだ。クリア済みの緊急クエストは攻略者の名前が分かる仕様らしい。

「面倒なことになったな……」

グループチャットでは俺たちに対する質問が飛び交っている。三人だけでどうやって倒したのか、その答えを誰もが知りたがっていた。収拾する気配がない。

「どうする？　無視する？」

不安そうな麻衣。

美咲も判断を委ねるつもりのようで、何も言わずにこちらを見ている。

「いや、バレた以上は仕方ない。情報をオープンにしよう」

俺はチームを代表して答えることにした。バリスタを使った具体的な戦い方を説明する。

皆は「すげぇ！」と大興奮し、俺のことを天才や英雄と褒め称《たた》えた。

それが落ち着くと、案の定、今度はバリスタを売ってくれと言い出した。

「今度こそ材料費に少し上乗せした額で売りなよ！　脱出に挑戦するからお金が必要って言えば角が立たないって！」

麻衣が念を押すように言うが――。

「申し訳ないが売るなら材料費と同額で売るよ」

「なんでよぉおおおお！」

大袈裟に崩れ落ちる麻衣。

その姿に笑いながら、俺はこう続ける。

「ま、売る気はないけどな」

「え？　そうなの？」

「槍と違ってバリスタはネットの作り方をそのまま参考にすりゃいいからな。独自の工夫は何もしていない。俺たちも各々で作ったけどクオリティは全く同じだったろ？」

「たしかに」

「何より他人から買ったバリスタじゃ俺たちの作戦は使えない」

「そっか！　自分で作らないと〈マイリスト〉に登録できないんだ！」

「そういうこと」

俺は今言ったことをグループチャットでも説明した。バリスタの作り方が載っているサイトのURLを教え、ついでに「自分で作れば完成時にいくらかポイントが入るし、【細工師】のレベルも上がるよ」とアドバイス。

再び皆から感謝された。

（俺の評価が天井知らずに上がっていくな……）

明らかに過大評価だ。悪い気はしないが、何だかむず痒《がゆ》くて妙な感覚だった。

「ほんと風斗はお人好《よ》しだなぁ」

「お人好しか？　普通だと思うけど」

「いやいや、お人好しでしょ！　損得勘定とか無さそう」

「それが風斗君のいいところですね」と微笑む美咲。

「自分じゃそんな風に思わないけどなぁ。それよりメシにしようぜ」

シーフード各種が焼き上がり、最高の香りを放っている。

美咲から紙皿を受け取り、そこに極上の食材を載せていく。

「「いただきまーす！」」

立ったまま食べる俺たち。

「このエビ美味しい！」

「ホタテもいけるぜ」

「少し焼き過ぎましたが、食材がいいのでどうにかなりましたね」

しばらくの間、無心になってBBQを堪能した。

「ところで風斗、さっきは何に驚いていたの?」

胃袋が落ち着くと麻衣が尋ねてきた。

「何のことを言っているんだ?」

「ちょうど私と被ったけど、風斗もスマホを見て何か驚いていたでしょ」

「ああ、そのことか」

すっかり忘れていた。

俺は割り箸と紙皿を左手で持ち、右手でスマホを操作。〈履歴〉を開いた。

「これを見て何か気づかないか?」

二人に画面を見せつつ、ゆっくりとログをスクロールしていく。

先に気づいたのは麻衣だった。

「なんか変なポイントが発生しているじゃん!」

まさにそれこそが俺の驚いたものだ。

・真栄田しげるがフルメタルスネークを倒した:721pt を獲得
・スキル【細工師】のレベルが7に上がった
・柴内慎吾がホーンラビットを倒した:157pt を獲得

他の生徒が魔物を倒し、そのポイントが何故か俺に入っている。

それも一件二件ではなく数十件もあった。

「これって表示のバグ？」

「いや、バグじゃない。実際に【細工師】のレベルは7に上がっているし、ポイントもきちんと増えている」

「えー、なんかズルじゃん！」

「そう言われてもな……」

この異常事態のおかしな点は他にもあった。魔物を倒したにしては獲得するポイントが少ないことだ。

角ウサギことホーンラビットは、自分で倒すと1万ｐｔになる。スキルや相棒効果を含めるとそれ以上だ。なのに、〈履歴〉を見ると約160ｐｔしか入っていない。

「原因は分からないけど、誰かが魔物を倒したら俺にポイントと【細工師】の経験値が入る。そしてそれらは自分で稼ぐよりも遥かに少ない」

まとめるとこういうことになる。

「私のほうはそんなポイントないよ？」

「私もです」

麻衣と美咲は自分の〈履歴〉を確認した。

「風斗君の日頃の行いがいいから神様がサービスしてくれているのでしょうか」

美咲の冗談に、麻衣がすかさず「そりゃないっしょ！」と否定する。

「たぶん何か理由があるんだよ！　その謎ポイントはいつから入っているの？」

「えーっと……」ログを遡って調べる。「今日の朝からだな」

「なら朝に何かしたんじゃない？　思い当たる節はないの？」

うーん、と唸《うな》りながら考える。ほどなくしてピンときた。

「分かったぞ！　槍だ！」

「槍？」

「今朝、〈棘の壁〉を解体した時に槍を売ったんだよ」

「あー」

俺の槍は安くてクオリティが高いということで追加生産もした。

最終的に売った数は約３００本。

「自分の作った武器で他の人が敵を倒すと、ポイントや経験値がお裾分けされる仕様なのかな？」

「敵というか魔物限定だろうな。徘徊者でもポイントが発生するなら麻衣は気づいていたはずだ。俺は初日、麻衣の作った槍で徘徊者を倒していたからな」

「そっか！　たしかに！」

入ってくるポイントは魔物一体につき１５０～７００ｐｔ。平均は３００ｐｔ前後。

「こりゃ今後は何もしなくても稼ぎまくれるね！」

「まさに不労所得ですね」

「不労所得は嬉しいが、稼ぎまくれるってのは間違いだな」

「違うの？」首を傾げる麻衣。

「槍は約300本売ったが、それらがフルに稼働したとしても日に500体程度しか倒されないだろう。大抵の場所じゃ魔物の数が少ないみたいだし、日に何体も魔物を倒すことはない」

「悪くないじゃん！　平均300ptで500体倒したら15万も入ってくるよ！」

「その15万ってのは可能な限りご都合主義的な想定で算出した数字だよ。実際には100体前後が妥当なところじゃないか。徘徊者と戦うために槍を買った奴だっているだろうし」

「よくても日に3万程度しか稼げないってこと？」

「俺はそう睨んでいる。それすらいい数字だ。もっと低い可能性だってある。槍を買った連中が揃いも揃って単独で魔物を狩るならともかく、基本的には相棒と行動しているからな」

「そう考えたら微妙だなぁ」

「だろ？　そうは言っても不労所得はありがてぇ。数万でも入ってくるだけで御の字だ」

予期せぬ収入源を得たことで、俺たちはニッコリするのだった。

【脱出計画】

夕方、拠点にて――。

麻衣と美咲が調理に励む中、俺はダイニングで作戦を練っていた。意味もなくノートとボールペンを机に置き、それっぽい雰囲気を醸し出す。

「やっぱり船はスループが良さそうだなぁ、価格も手頃だし」

船の選択肢は多い。一口に帆船といっても、マストの数や形、船体の大きさ等によって細かく分かれている。

スループは一本マストの小さな帆船で、本体価格は200万ｐｔ。これに追加機能《オプション》を付けて購入する予定だ。

オプションは一部の商品にのみ存在するシステム。価格が高くなる代わりに色々な効果を得られる。例えば俺の刀に付いている〈軽量化〉がそうだ。

スループには〈自動操縦〉を付けたい。針路をスマホで決められるオプションだ。風向きを読んで帆を調整するといった作業が自動化される。目的地ないし方角を指定したら、あとは寝ているだけでいい。俺たちには船の操縦経験がないのでオプションは必須だ。

「オプション代が100万だから込み込みで300万か」

高額だが問題ない。リヴァイアサンの討伐で350万ほど稼いだから。

「船ってレンタルじゃダメなの？　借りられるっしょ？」

麻衣は俺の隣に座り、リンゴの皮剝きを始めた。俺と違って包丁を使っている。

「たしかに借りられるよ。船のレンタル費は販売価格の5％だから、〈自動操縦〉付きスループだと15万でレンタルできる。ところで皮を剝くのが上手だな、侮《あなど》っていたよ」

麻衣は「へへ」と照れたように笑う。それから船の話を続けた。

「グルチャにレンタルの船で脱出するって言っている人がいたよ」

「レンタルは気乗りしないんだよなぁ」

「なんで？」

「脱出する際にアプリの削除を求められるだろうから、その時に借りている船も消えるんじゃないかと思ってな」

「あーね」

先人のサイトによると、悪天候を突破した後、船は海上でストップするそうだ。そして、スマホに「これより先へ進むにはアプリを削除しなくてはならない。また、一度削除すると戻ってはこられない」という旨の警告が出る。

アプリを削除すると船は息を吹き返し、めでたく脱出できるとのこと。

「海上で船が消えたら死は免れないし、そうなったら後悔するだろ？　ケチらずに買っておけばよかったって」

「たしかに！　風斗の意見を聞いて私も購入派に転身だ！」

俺は口角を上げ、ノートに「スループを買う」と書き込んだ。

「あとは船に搭載する装備だな」

「装備って？」

「悪天候で転覆するかもしれないし、手ぶらでGOとはいかないだろ」

インターネットを彷徨い、必要そうな物をリストアップ。ライフラフト、数日分の食糧、念の為の保温道具などが選ばれた。

海難に備えた海面着色剤や発煙筒は必要ない。そんな物を使っても海難救助隊は助けに来ないからだ。

「ライフラフトって何？」

「大雑把に言うと海に浮かぶゴム製のテントだ。普段は折りたたまれて専用のコンテナに収納されている。商品説明によれば、海に投げ込むと勝手に膨らむそうだ。それもたった数秒で」

「船が転覆しそうになったらそこに逃げ込むわけね」

「その通り」

「ライフラフトは買えるの？　高そうだけど」

「ちょうど10万。高いけど買える額だ」

「なら安心だね」

麻衣は剝き終わったリンゴを美咲のもとへ運んだ。それが済むと再び俺の隣に座り、リンゴの匂いがする手でスマホを触る。インチュタグラムやチュイッターなど、SNS各種を素早く確認していた。

俺はグループチャットを開く。リヴァイアサン討伐の件は落ち着きを見せていた。今はバリスタの性能に興奮する声で溢れている。

そんな中、ある生徒が尋ねてきた。ボス戦で獲得したポイントは何に使うのか、と。

回答に悩む。素直に脱出すると話すべきかどうか。

しばらく悩んでいると面倒になってきた。なので、素直に「脱出に使う」と答える。脱出時期は適当に濁した。

「素直に答えたのは失敗だったかな……」

「どうかしたの？」

「グルチャで脱出することを話したら、俺たちの仲間に入りたいって言う奴がいっぱい出てきたんだ」

「他にも脱出を検討しているところがあるのに？」

「俺と同じでレンタルは不安って奴等だろう」

「なるほどねー。どう返すの？」

「受け入れる気はないからそう言うよ」

角《かど》が立たないよう気をつけながら断ろうとする俺。しかし、文字を入力している最中に流れが変わった。大半が「やっぱりやめとく」と言い出したのだ。

連中の考えを変えさせたのは、とある生徒の発言だった。

『何が起きるか分からないのにすごいな、お前ら』

この一言で、大勢が「まずは様子見したい」と思い始めたのだ。もはやチームに入りたがっている者は殆どいない。

レンタル船での脱出を検討していた連中も先延ばしを表明している。なんだかんだ言い訳しているが、要するに「一番手は嫌」ということだ。

「私たちを人柱にしたいって魂胆だね。ほんと人間って汚いわー」

麻衣が呆れたようにため息をついた。

「先駆者がハイリスクなのは世の常だしな。それでリターンが大きくなるならまだしも、今回のケースでは何ら変わりない。ならば誰だって一番手は避けたいものさ」

それでも俺たちが脱出に挑むことは変わらない。

『体を張って頑張るから応援よろしくな！』

グループチャットでそう発言し、俺はスマホを懐に戻した。

「こりゃ責任重大だな」

「何のこと？」

「俺の立ち回りが下手なせいで、皆を代表して脱出に挑むことが決まっただろ」

「そうね」と笑う麻衣。

「俺たちも含めて皆が冷静さを保てているのは、そう遠くない内に脱出できると思っているからだ。もし俺たちが脱出に失敗して、簡単には日本に戻れないなんて事態になったら……」

「荒れちゃうわけかー」

「辛うじて保たれている理性や秩序ってものが今後も維持できるのかどうか、それは俺たちの脱出にかかっていると言っても過言ではないだろうな」

「うわー、それは責任重大！」

「俺たちだけじゃなく、皆のためにも必ず成功させないとな」

【美咲の奥の手】

大まかな脱出計画も固まり、あとは明日の朝食後に決行するだけとなった。

だが、その前にこなすべきイベントが残っている。

──徘徊者戦だ。

深夜1時55分、俺たちはフェンスの傍で待機していた。岩肌の地面に腰を下ろし、三重のフェンス越しに外を眺める。今宵の風はいつもより冷たく感じた。

「防壁はどうする？　そのまま？」

麻衣が尋ねてきた。

「あまりポイントを使いたくないが……念の為に防御力を上げておくか」

10万ｐｔを消費して防壁を強化。

【ＨＰ】１３５，０００
【防御力】６

「これで敵が昨日と同じ強さならノーダメになるはずだ」

「頼もしいですね」と、笑みを浮かべる美咲。

「そういえばさぁ、樹上勢が全滅したって知ってた？」

麻衣がスマホを見ながら言う。樹上勢とは拠点を持っていない連中のことだ。

「全滅だと⁉　何があったんだ⁉」

顔を真っ青にする俺を見て、麻衣は愉快気に笑った。

「別に何もー。全員、拠点勢になったってだけだよ。他所のチームと合流したり、自分たちで拠点を獲得したりでね」

「なんだ、そういうことか。わざと誤解を招くような言い方をしたな」

「風斗を驚かしてやろうと思ってね。見事にかかってくれて満足だよ」

「あ、徘徊者戦が始まりましたよ」

美咲の言葉で2時になったと気づく。

いつも通り徘徊者の群れが迫ってきた。

「今日も退屈なまま終わるといいが……」

槍を持って立ち上がる俺たち。仮に防壁を突破された場合、フェンスを盾にして槍で迎撃する予定だ。フェンスを突破された際の武器も用意している。俺は刀、麻衣は槍、美咲は何故かフライパン。

「「「グォオオオオオオオオオ！」」」

徘徊者が防壁への攻撃を開始。

だが、防壁はダメージを受けていない。防御力を上げたことで無効化していた。

「よし、問題ねぇな」

「勢いは昨日より激しいのにね」

「ノーダメだから意味ないがな」

徘徊者の勢いは日を追うごとに増している。もはや初日ですら可愛く思えるほどだ。しかし、拠点に引きこもっている限り問題ない。

「はぁ、眠くなってきたぁ」

「私もです……」

二人は早くもウトウトしている。俺も集中力が低下していた。

時計を確認して絶望する。戦闘開始からまだ10分しか経っていなかった。

それなのに気が緩んでいる。防壁のＨＰが減らないのだから仕方ない。

「やばくなったら起こすから寝てきていいよ」

「え、ほんとに？」

「いいのですか？」

分かりやすく嬉しそうな二人。

俺は答える前にグループチャットを確認。未知のリスクがないかを探った。

「特に問題ないようだし大丈夫だろう」

他所も余裕そうだ。俺たちの真似をして防壁の防御力を強化したことが奏功している。

「そういうことなら私は遠慮無く部屋で休ま……」

麻衣の言葉が止まった。

「あれ？　徘徊者がいないんだけど？」

「お、本当だ」

いつの間にか徘徊者が消えていた。拠点の外が閑散としている。

「今日はもうおしまいとか？」

スマホのホーム画面を見る。コクーンのアイコンは赤く染まったままだ。

「いや、終わってはいないようだな」

「諦めて他所に行ったのでしょうか？」と美咲。

「だといいが……」

残念ながら違っていた。

「「グォオオオオオオ！」」

徘徊者の軍団が再び現れたのだ。

今度の人型は台車らしき物を押している。

その上に載っている物を見て、俺たちは目を剝いた。

「バリスタか!?」

「たぶん、というか絶対にそうだよ！」

徘徊者はバリスタを持ち込んできたのだ。拠点前の開けた場所で扇状に展開していく。

バリスタの数は15台。それ以上の追加はなかった。

「防壁から出て迎え撃ったほうがよくない？」

「それは難しいだろ。出るならフェンスをずらす必要があるし、バリスタ兵の後ろには大量の徘徊者が控えている。一瞬で群がってくるぞ」

「そっか……」

歯痒いが敵の攻撃を眺めていることしかできない。

「あいつらバリスタで何を飛ばすつもりだ？」

バリスタの弾丸は矢に限らない。古代の戦争では矢の代わりに石を飛ばすこともあった。

そんな中、徘徊者が弾丸に選んだのは——。

「いやいや、そんなのありかよ⁉」

——なんと自らの同胞だった。別の人型がバリスタの上でうつ伏せになる。

「グォオオオオオオ！」

次の瞬間、バリスタ兵が仲間を射出。凄まじい速度で人型の徘徊者が飛んでくる。

飛来した徘徊者は防壁に当たり、グチャッと派手に砕けた。

「ダメージは⁉」麻衣がこちらに振り向く。

その言葉が発せられた時には既に、俺は防壁のＨＰを調べていた。

「一発当たり25だ！」

「そんなに⁉」

再び攻撃準備に入るバリスタ兵。

「このままだとまずいな……」

素早く敵の火力を計算する。

バリスタ兵の数は15体で、攻撃速度は1分間に6回。

単純計算で毎分2，250ダメージ、一時間で13万5，000ダメージになる。

つまり、一時間で防壁が崩壊してしまう。

「仕方ない、防壁を強化して凌ぐぞ」

二人が同意する。

俺は直ちに防壁の強化へ——と、ここで問題発生。

「ダメだ！　強化できないぞ！」

「え、なんで⁉」

「徘徊者が出ている間は強化できないらしい」

「ああ、そっか！　その仕様があったんだ！」

昨日か一昨日には判明していたことだ。無縁だったので忘れていた。

「覚悟を決めるしかないな、こりゃ」

「脱出前に死ぬなんて絶対にごめんだからね！」

防壁の耐久度がじわじわ減っていく。

そして、残り45分――ついに防壁が壊れた。

バリスタ兵が徘徊者を放つ。

それは今までと違って拠点内に飛来し、フェンスに激突。

防壁に当たった時と同じく派手に散った。

「うわあっ！」

三人揃って吹き飛ばされる。弾丸の徘徊者が粉々になると同時に、強烈な衝撃波が発生したのだ。

「「「グォオオオオオオオオオオオ！」」」

他の徘徊者が雪崩れ込んでくる。

俺たちが立ち上がっている間にフェンスまで迫られた。

「フェンスを盾に――って、あいつら何してんだ⁉」

ここでも予想外の行動をとる徘徊者。

なんとフェンスの撤去を始めた。協力してコンクリブロックから抜いている。抜き終わったフェンスは隅に捨てられた。見た目はこれまでと同じでも、知能レベルは明らかに違う。成長していやがる。

「このままじゃまずいよ！　風斗、どうしたらいいの！」

麻衣は恐怖から震えていた。

「待て、考える……！」

俺は深呼吸を繰り返した。まずは混乱する頭を落ち着かせないと。

（ポイントを使って〈マイリスト〉でフェンスを増やすか？）

いや、それは意味がない。再び撤去されるだけだ。

（一番厄介なのはバリスタ兵だが……）

幸いにもバリスタ兵の攻撃は止まっている。通路が徘徊者だらけで撃てないようだ。

（ならば！）

俺は結論を出した。

「よし、フェンス無しで戦おう！」

「戦う!?　あの数を相手に!?」

「それが最も生き残れる可能性が高い！」

「そうなの!?」

「通路は狭いから、数が多くても一度に戦える数は決まっている。防壁の時と同じ理屈さ」

「なるほど！」

「俺と美咲が前衛で武器を振り回す。麻衣は後ろから槍でサポートしてくれ。通路での戦いなら勝機はある！」

「信じるよ！　その言葉！」

「おう！　だが念の為に万能薬を事前購入しておいてくれ！」

「分かった！」

麻衣が後ろに下がり、俺は刀を抜いた。

「美咲、本当にフライパンで戦うのか？」

美咲は真顔で頷いた。

「分かった。じゃあ行くぞ！」

最後のフェンスが撤去された瞬間、俺と美咲が突っ込んだ。

「オラァ！」

刀を大きく横に薙ぎ払い、８体の徘徊者を一太刀で消滅させた。

刃が当たれば即死する。この点はこれまでと変わりなかった。

「風斗、左！」

「うわっ」

「お任せ下さい！」

死角から迫る敵の攻撃は美咲が対処。フライパンのフルスイングで犬型を倒した。

「私だって！　えいやっ！」

麻衣は俺たちの隙間を縫うように刺突を繰り出す。３体の人型をまとめて貫いた。

「いけるよ風斗！　これならいける！」

「ああ！　どうにかなりそうだ！」

――と、希望に満ちていたのは序盤だけだった。

旗色が次第に悪くなっていく。

俺たちのスタミナが底を突いたからだ。武器を振り始めてからものの数分で腕が悲鳴を上げ始め、10分足らずで限界に達した。全身は汗まみれで呼吸も乱れている。

対する敵の勢いは変わらない。倒しても倒しても、次から次に新手が押し寄せてくる。

「このままじゃ……」

じりじりと後ろに押されていく俺たち。

そして、その時はやってきた。

「もう下がれないよ！」

麻衣の背中がトイレのドアに当たったのだ。

「クソッ！」

残り時間は約15分。それだけ凌げば終わる。あと少しだ。

だが、その少しが果てしなく長い。とても耐えられる時間ではなかった。

「どうしたら……」

「私に考えがあります！」美咲が敵を倒しながら言う。

「考えってなんだ!?」

「緊急事態なので説明は省きます！　麻衣さん、私と代わってください！」

「え？　あ、うん、分かった！」

麻衣が俺の隣に来て槍を振り回す。

後ろに下がった美咲は、おもむろにスマホを取り出した。

「いったい何を……」

美咲の奇行は続く。なんと一升瓶の酒を買いやがった。

「風斗君、麻衣さん——これから起きることは他言無用ですよ」

一升瓶を開けてラッパ飲みを始める美咲。まるで蛇が這っているかのように喉が動き、ゴクゴクと小気味いい音を響かせた。そのまま一気に飲み干し、「ぷはぁ！」と息を吐く。

美咲の顔付きが変わった。

「こら盛り上がってきたなぁ！　おい！　たまんねぇな！」

それは、俺たちの知る高原美咲からは想像できないセリフだった。

【最後の朝食】

「うんめぇぞ！」

豹変した美咲は酒臭い息を吐き、おっさんのようなゲップを繰り出した。

「「美咲!?」」

衝撃のあまり固まる俺と麻衣。

「「「グォオオオオオオオオ！」」」

そんな俺たちに徘徊者が襲いかかる。

「まずい！」

否、全く問題なかった。美咲が光の速さで対処したのだ。気づいた時には俺たちの前に飛び出していた。

「祭りだァ！　今日は祭りだァ！　ひゃっはー！」

フライパンで敵を皆殺しにしていく美咲。一見するとデタラメな動きだが、よく見ると恐ろしく的確な攻撃だ。

「グォオオオオオオオオオ！」

「美咲！　左から敵が！」

「分かってらぁ！」

死角を突かれても美咲は動じない。一升瓶による無慈悲な一撃で対処する。

瓶は割れず、ヒビすら入っていない。徘徊者が柔らかいのか、それとも瓶が硬いのか。

とにかく武器として成立していた。

「すげぇ！　美咲すげぇ！」

「感心する暇あったら刀を振れダボ！　他人に頼るな！　未来は自分の手で切り開け！

それが男ってものだろ！」

「すんません……」

「行くぞ！　風斗！　麻衣！　私に続け！」

別人と化した美咲が単独で無双し、徘徊者を押し返していく。

あっという間に形勢逆転だ。

「もう！　暑いったらありゃしない！」

なんと美咲、戦闘の最中に服を脱ぎ始めた。いや、脱ぐというより引き裂くというのが
適切か。武器をその場に置き、自らのシャツを破ったのだ。セクシーな下着に守られた胸
やキュッと引き締まったウエストとヘソが露わになる。

「これでちったぁ涼しくなったってもんよ！」

「ちょっと美咲!?」

「なんだぁ？　麻衣、おめぇ、前に出て戦いたいのかぁ？」

「いえ……」

再び前進を始める美咲。

(刀を振れと言われたが……)

俺と麻衣にできることは何もなかった。

目の前の敵は人型から犬型まで漏れなく美咲が倒すのだ。一升瓶とフライパンの二刀流で一体すら漏らさない。まさに現代の宮本武蔵、現代の二天一流と言えよう。

「かぁ！　徘徊者ってのはストレス発散に最適だなぁ！　風斗と麻衣もそう思うだろ？ええ？　思うよなぁ⁉」

「あ、はい」

「思います」

「ちょー気持ちぃぃ！　もうサイコー！」

いよいよ拠点の出入口付近までやってきた。

「風斗、あと5分で終わるよ！」

「あと5分か、この調子なら――」

大丈夫そうだな、と言おうとした時のことだった。

「今日はこの辺にしておくかぁ！」

突如、美咲が戦闘をやめた。くるりと踵《きびす》を返し、俺と麻衣の間を通って拠点の奥へ。

俺と麻衣は慌てて武器を構え、迫り来る徘徊者と戦う。

「お、おい、美咲、どこへ行くんだ!?」

「疲れたから寝るー」

「マジかよ」

「あとはよろしくねー、おやすー」

なんと美咲、本当にそのまま消えていった。

「ちょ、私らだけになったよ!?」

「仕方ねぇ、粘るぞ！　俺が前で戦うからサポートしろ！」

「了解！」

残り5分、俺たちはひぃひぃ言いながら頑張った。初日の比ではない敵の勢いに対し、最後の力を振り絞って死闘を演じる。

その結果、辛うじて勝利した。

俺たちは汗だくになりながらハイタッチ。

「美咲の学生時代のあだ名ってチェンだっけ」その場にへたり込む麻衣。

「酔っ払ったら強くなるチェン……」

俺は彼女の隣で大の字に寝そべった。しばらく動けそうにない。

「名前の由来って、もしかして……」

俺たちの脳裏にある香港映画が浮かんだ。

◇

大量の徘徊者を倒したことで、俺たちの【戦士】レベルは大幅に上がった。俺は2から5に、麻衣は1から4に上がった。大活躍の美咲はもっと上がっているだろう。

グループチャットは久々に荒れていた。

阿鼻叫喚《あびきょうかん》の原因は、案の定、バリスタを使う徘徊者。こいつに防壁を破られたことで甚大な被害が出ていた。いくつかのギルドからは連絡が途絶えている。

バリスタ兵の攻撃は防御力を無視するそうだ。防壁のステータスに関係なく一発当たり25ダメージ。そのため、耐え抜くにはHPを上げる必要があった。

また、バリスタ兵はエリートタイプだと判明した。討伐報酬はノーマルタイプの20倍、つまり一体につき1万pt。

「徘徊者、日増しに強くなってるね。明日はもっと辛いんだろうなぁ」

「俺たちには関係ないけどな。明日のこの時間は日本に戻っている」

「早めに脱出することにして正解だったね」

休憩が終わったら拠点の奥に向かう。

しかし、途中で足が止まった。

「グァァァ……！　グァァァ……！」

トイレの前で美咲が寝ていたのだ。仰向けで、両腕を伸ばし、M字開脚を決めている。ビリビリに破けた服はそのままだ。何も知らない人間が見たら暴漢に襲われたと誤解するだろう。あまりにも酷すぎる。

「やれやれ、困った大人だな」

「ほんとにねー。でも、美咲の新たな一面が見られて面白かったね」

「たしかに」

麻衣と協力して部屋に運んだ。

◇

泥のように眠ること数時間――。

転移4日目の朝がやってきた。

筋肉痛の体を労《いたわ》りながらダイニングへ。

「おはようございます、風斗君」

「今日は遅かったねー、風斗！」

二人は既に起きていた。美咲はエプロン姿で朝食を作っていて、完成まであと少し。麻衣は椅子に座ってスマホを触っていた。

俺は二人に挨拶を返し、麻衣の向かいに座る。

「美咲、徘徊者戦のこと何も覚えてないんだって」麻衣が笑いながら言う。

「マジかよ。アレを覚えていないだなんて」

「すみません、酒乱なもので……。酔うと記憶が飛ぶのです。周りから気性が荒くなるとは聞いているのですが、それがかえってお役に立てるかもと思い、昨日は一か八かでお酒を飲んでみました」

「な、なるほど……」

徘徊者戦のアレは気性が荒いなんてものではなかった。悪魔か何かが取り憑いたと言われても信じるだろう。完全に別人だった。

「酔っ払った美咲は実に頼もしかったよ。まさに獅子奮迅《ししふんじん》の暴れようで徘徊者を蹴散らしまくっていた。あの覚醒がなかったら俺たちは終わっていただろう」

「本当ですか？　それならよかったです」

「あれだけすごいと一緒に飲んだ人は驚くんじゃない？」ニヤつく麻衣。

「普段は十年来の友人としか飲まないようにしています。その友人から『他の人とは飲まないほうがいい』と釘を刺されたので……」

「その友達、大切にしなよー！」

美咲は恥ずかしそうに笑い、朝食を運んできた。

これまた非の打ち所がない完璧な目玉焼き定食だ。

美咲が俺の隣に座り——。

「「いただきます！」」

温かい雰囲気に包まれて朝食がスタート。

「相変わらず美味いなぁ、美咲の料理は」

「ありがとうございます」

美咲は微笑み、自分の作った料理を食べる。何度か咀嚼《そしゃく》した後、満足そうに頷いた。

軽く雑談した後、しばらく無言で料理を堪能する。

「そういえば」

突然、美咲が沈黙を破った。視線をこちらに向ける。

「はいぃ！」

俺は素《す》っ頓狂《とんきょう》な声を出し、背筋をピンッと伸ばした。ちょうど彼女の胸を盗み見している最中だったのだ。

麻衣が呆れ顔で「アホ」と呟いた。

「ど、どどっど、どうしたんだ？　美咲」

「食材が安く買えるようになりましたよね」

「え、そうなの？」答えを求めて麻衣を見る。

「そんな話はグルチャに出ていないけど？」

「本当ですか？」

失礼します、とスマホを触る美咲。〈ショップ〉を開き、食材の価格を見せてきた。

「本当だ！　これは安い！　……と言いたいが、残念ながら俺には分からん。料理を作らないから食材の価格なんて見たことなかった」

「見せて見せて」

麻衣がテーブルに身を乗り出す。

彼女は美咲から受け取ったスマホを見てぎょっとした。

「本当だー！　めちゃくちゃ安くなってる！　私には分かるよ！」

「そんなに安いのか？」

「今までの半額！　ちょー激安の大特価！」

「なので少し奮発してみました」

「あ、そうだ、聞いてくれよ。食材と言えば卵の豆知識があるんだ。市販の卵には色々なサイズがあるけど、実はどのサイズでも黄身の大きさは同じで――」

「あれぇ！　こっちだと食材の価格はいつもと変わらないよ!?」

ドヤ顔で豆知識を披露していたのに麻衣が遮った。だが今のは俺が悪い。コミュニケーション能力に難のある人間特有の悪い癖が出てしまった。

「おかしくない？」

麻衣が「ほら！」とスマホを見せてくる。たしかに美咲のより高い。

俺のコクーンも確認したところ、麻衣と同じ価格だった。

「美咲だけ安いのか」

「どうしてでしょうか？」

しばらくの間、「うーん」と頭を捻《ひね》りながら食事を進めた。色々と仮説を出しつつ、それが合っているかを簡単に検証する。

その結果、【料理人】の効果だと判明した。レベルが10になったことで、「食材が安く買えるようになる」という効果が追加されたのだ。

美咲の【料理人】レベルは、昨夜の料理を作り終えた時点で10になっていた。

「【料理人】以外も10レベルで新しい効果が付くのかな？」

麻衣が尋ねてくる。

現時点でその答えを知る者はいない。グループチャットにも情報がなかった。それは彼女も分かっているので、俺は推測で答えた。

「たぶん付くだろう。デイリークエストは日に一つしかこなせないし、レベル10で新たな効果が付くとなれば、ますます一つのスキルに特化した方がいいな」

「もっと早く分かっていたらよかったのにね」

「だな。今さら分かっても俺たちには関係ない」

とはいえ、新しい情報だからグループチャットで共有しておいた。

発言の1分後には、数名から「サンキュー」のスタンプが返ってくる。数百人が参加しているグループなので反応が早い。

「「ごちそうさまでした！」」

美咲の作った極上の朝ご飯をペロリと平らげた。

「食器を洗うのは私に任せてちょ！」

「ありがとうございます、麻衣さん」

「サンキューな、麻衣」

「ほいほーい。つーか、風斗もたまには働けよ！」

「ふふふ」

「ふふふ、じゃねー！」

麻衣が全員の食器をシンクに運び、丁寧に洗っていく。

「じゃ、俺たちは出発の準備を――」

ピロロロン♪

話している最中にスマホが鳴った。チャットアプリの通知音だ。

「誰かから個チャが届いたの？」と麻衣。

個チャとは個別チャットの略称だ。俺のチャットアプリでは形骸化された機能である。

「俺と一対一で話したがる奴なんているわけないだろ。そもそもフレンドリストに登録されているのだって……いや、マジで個別チャットが届いたようだ」

「え、嘘!? 誰よ相手！ 女？」

過去一と言ってもいいほどに食いつく麻衣。

「相手は由香里だ」

我が校で最も有名な生徒であり、弓道部の部長こと弓場由香里。
これまで音沙汰のなかった彼女の用件とは——。

【島からの脱出】

由香里からのメッセージは驚異の短さだった。

一言「外で待っている」のみ。絵文字やスタンプは一切なく、ただそれだけ。

「ちょっと外の様子を見てくる」

「どうしてここの場所が分かったんだろ？　風斗が教えたの？」

「俺は教えていない。大まかな場所に当たりを付けて探し出したのだろう」

由香里の知り得る情報から俺たちの拠点を割り出すのはそう難しくない。

「じゃ、行ってくる」

「付き添いましょうか？」美咲が心配そうにしている。

「大丈夫だよ」

俺は一人でダイニングを後にした。出入口から延びる通路に立って外を見る。

背中に大きな和弓を担いだ制服姿の金髪美人が一人で立っていた。

由香里だ。

「どうも、俺たちに何か用かな？」挨拶をしながら防壁に近づく。

由香里はペコリと頭を下げて距離を詰めてきた。

「私もギルドに入れてほしい。島からの脱出に参加したい」

「残念ながらメンバーの募集はしていないんだ」

「断る前にステータスを見て」

由香里はスマホを取り出した。〈ステータス〉を開き、画面をこちらに向ける。

【名　前】弓場 由香里
【スキル】
・狩人：17
・細工師：4
・戦士：4

【狩人】のレベルが恐ろしく高い。

「レベル17って、ボスでも乱獲したのか？」

「ううん、サバンナの魔物をずっと狩っていた」

「それだけでここまで上げたのか……。しかもこの短期間で」

大した腕だ。全国に名を轟《とどろ》かす弓術の実力は伊達ではない。

「私、戦闘で役に立てるよ。脱出の時に敵と戦うかもしれないでしょ？」

「たしかに」

「だから、お願い」

「うーん……」

由香里を仲間にすることのメリットは計り知れない。彼女が言っている通り戦闘の役に立つからだ。俺たちの最大の弱点である戦力の低さが劇的に改善される。

先の徘徊者戦もそうだったが、現状ではハードな戦闘を乗り切れない。俺と麻衣はザコだし、美咲のアルコール覚醒は継戦能力に欠ける。

一方、由香里を加えることのデメリットは皆無に等しい。

それでも俺の反応が渋いのには理由があった。

「質問なんだが、栗原のギルドはどうした？　脱退金制度を設けるくらいだから掛け持ちなんて絶対に許さないだろ、アイツ」

仕様的には複数のギルドに所属できるが、実際に掛け持ちできるかは別の話。

「栗原のギルドは抜けた」

「30万の脱退金を払ったのか」

「うん」

由香里がスマホに表示された所持金を指す。

額を見てこれまた驚かされた。なんと130万も持っていたのだ。

「脱出に参加させてくれるなら100万ｐｔ支払う」

「いや、お金の問題じゃなくてだな……」

「入れてあげたらいいじゃん」

振り返ると麻衣がいた。美咲と一緒に近づいてくる。

「風斗が懸念しているのは弓場先輩の加入じゃないでしょ？」

「そうなんだよ」

「どういうこと？」と、俺を見る由香里。

「グループチャットを見ているなら分かると思うが、俺たちの脱出計画に参加したがっている生徒は他にもいる。そういった連中を断っておきながら由香里だけ受け入れるのは不義理な感じがしてな」

「風斗は生真面目なんだよねぇ」

「なるほど」

「話を盗み聞きしていたんだけど、弓場先輩は100万払うって言っていたでしょ」

麻衣は俺に向かって言ったのだが、由香里が「うん」と頷いた。

「それで思ったんだけど、参加料として100万を徴収することにしたらどう？」

「というと？」

「脱出の開始時刻を少しずらして三時間後にするの。で、今から二時間は参加希望者を受け付ける。参加したいなら100万払えってグループチャットで言うの。人数が増えたら船を大きくする必要があるから、100万はそれに使うってことで」

名案だ。思わず「おお！」と感嘆した。

「普通の奴は100万なんて払えないから、参加を希望するのは由香里だけになる。公平性を保ちながら彼女を仲間にできるわけだ」

「そゆこと！　これで問題解決！」

「天才だな。でも、もし他の誰かがお金を持ってきたらどうする？」

「その時は交ぜてあげるしかないっしょ」

「ま、そうなるか」

「あと、この案には一つ欠点があるんだよね」

「なんだ？」

「拠点の場所を皆に知られちゃうこと。別の集合場所を設定してもいいけど、面倒なだけで大した効果は期待できないと思う」

「その点は別にいいんじゃないか。由香里がここを見つけたように、その気になれば今でも特定できてしまうわけだし」

「まぁね」

「よし、麻衣の提案を採用しよう」

グループチャットで脱出メンバーを募集することにした。

◇

拠点の外で待つこと二時間――。

「受付時間終了だ」

案の定、由香里以外の参加希望者は現れなかった。

同時に弓場由香里の加入が決定する。

「よろしく、由香里」

「うん、よろしく、風斗」

「弓場先輩よろしくー！」

「呼び捨てでいいよ、麻衣」

「了解！　日本に戻ったらコラボ配信しようねー！」

「やだ」

「えぇぇ！」

「よろしくお願いしますね、由香里さん」

「はい、高原先生」

「私のことは美咲でいいですよ。ここでは生徒と教師ではなく、一人の仲間として接してくださいね」

「分かりました、美咲さん」

軽い挨拶が終わると、俺は由香里に言った。

「さっそくで悪いが、いくらかギルド金庫に預けてもらえると助かる。念のために言っておくけど、募集時に提示した100万のことじゃないよ。もっと少なくていいんだ」

「分かった」

そう言って、由香里は何食わぬ顔で120万を金庫に入れた。

「100万じゃなくていいとは言ったが、まさかそれ以上突っ込むとは……」

「ダメだった？」

「いや、助かったよ、ありがとう」

「こちらこそ入れてくれてありがとう」

「戦闘になったら頼むぜ」

「任せて」

新たな仲間と共に、俺たちは海に向かった。

◇

黙々とマウンテンバイクを漕ぎ続け、問題なく海に到着。

「まずは準備からだ」

ということで、小型帆船《スループ》を購入した。ライフラフトや数日分の食糧など、事前に決めていた物を積み込む。

全ての準備が済んだ時、ちょうど出航予定時刻の12時になった。

「忘れ物はないな？　行くぞ！」

スマホで船の針路を東に設定。出航ボタンを押すと船が動き始めた。錨《いかり》が自動で上がり、帆が展開していく。

「見て見て、帆が小刻みに動いているよ！」

「針路を微調整しているのだろう」

早くも自動操縦機能を搭載して正解だと思った。

スマホに表示されている速度計の数値がぐんぐん上がっていく。

「船を買って分かったんだが、船は異次元に収納・召喚できるらしい」

「船内の道具や食糧はどうなるの？」と由香里。

「船と一緒に扱われるようだ。あと収納中は経年劣化しないんだとさ」

「へぇ、不思議」

由香里はおにぎりを食べ始めた。島を出る前に美咲が作った物だ。

「うげぇ、酔ってきたよぉ」

先程まで元気だった麻衣の顔が青白くなっている。

「たしかに気を抜くと酔いそうですね、このスピードは」

美咲の顔色もよろしくない。

船の速度は10ノットを超えていた。それだけに揺れも大きい。

「このペースなら一時間以内に帰還できるが我慢できそうか？」

「ぐるじぃ……」

いよいよ船の外に向かって吐こうとする麻衣。

「ちょっと待ってろ」

俺は〈ショップ〉を開いて酔い止めがないか探す。

酔いを予防するタイプと治すタイプが見つかった。どちらも1万ｐｔと割高だが、とりあえず両方とも購入する。

「飲んでみろ。たぶん効くだろう」

「ありがどぉ……」

麻衣は死にそうな顔で二種類の酔い止めを飲む。すると――。

「治った！　元気になったー！」

たちまち回復した。

「流石に嘘だろ」

「マジだって！　マジマジ！」

ボディビルダーのようなポーズを決める麻衣。本当に元気そうだ。

「荒波で酔ったら困るし俺たちも飲んでおこう」

美咲と由香里に酔い止めを渡す。

さっそく飲んでみたが、予防タイプなので効果が分からない。麻衣の様子を見る限り効いているはずだ。

「麻衣の船酔いも落ち着いたことだし、後は何かあるまで自由に過ごそう」

女性陣は三方に散らばった。麻衣は船首で自撮りに耽《ふけ》っている。美咲は船尾で島を眺めていて、由香里はすぐ近くに座っていた。

「隣いいかな？」

俺は由香里に話しかけた。

「どうぞ」

失礼、と彼女の隣に腰を下ろす。甲板の壁にもたれながらあぐらを掻く。

由香里には訊きたいことがあった。

「今さらだけど、初日にフレンド申請をしてきたのはどうしてだ？」

「頼もしそうだったから。仲間になりたかった」

「その結果、俺の牛田雅人って偽名に気づいたよな？」

「うん」

「どうして皆に言わなかったの？」

「それが正しい判断だと思った」

「なんで？」

「私が風斗の立場なら同じように振る舞っていたから」

「なるほど。理由は分かったが、どうしてすぐに来なかったんだ？　早々に吉岡のグループから離脱してこっちに来ればよかったのに」

「本当は二日目に行く予定だった。でも、栗原のギルドに参加するって話になったから。栗原のギルドも見たかった」

「栗原のギルドはどうだった？」

「雰囲気が悪くなってきている」

「何かあったの？」

「風斗らがボスを倒したから」

「俺に怒っているのか」

「ううん、ギルドメンバーに怒っていた」

「ギルドメンバーに？」

「風斗らより人数が多いのに後《おく》れを取ったのが許せないみたい。それで、ちょっと雰囲気が悪くなりつつある」

「ふむ」

「あと、私が抜けるのも癇《かん》に障《さわ》ったみたい」

こういう話を聞いていると少人数で良かったと思う。ただでさえ徘徊者やら何やらで大変なのにギスギスしたくない。

「そこの二人ー、会話をやめてこっちにこーい！　美咲もー！」

麻衣が呼んでいる。用件は言われなくても分かった。
前方に分厚い暗雲がたちこめている。
悪天候と戦う時が来たのだ。

【第二章　エピローグ】

島からの脱出を拒む悪天候――。

それについては、事前にサイトで確認しておいた。入念に。

なので流れは把握している。まずは雲行きが怪しくなり、次に濃霧が視界を奪い、雷鳴が轟く。ここまでが警告だ。

さらに進むと本気で拒んでくる。全方位から不規則に殴りかかってくる風、凄まじい速度で体力を奪う雨、ベーリング海の屈強な漁師ですら怯む荒波。

俺たちの目指す日常は、これらを抜けた先に待っている。

「一気に荒れるはずだ！　気を引き締めろ！」

迫り来る暗雲を前に、俺たちは素早く準備を済ませた。あらゆるケースを想定し、有事の際にどう動くかを再確認。ライフラフトの使い方も把握している。

「いよいよだ」

船が暗雲の下を通る。微かに風が強まり、穏やかな波がざわつく。

霧が漂い始めた――と思った頃には濃霧と化していた。数秒後には目と鼻の先すら見えなくなっていた。

「皆、無事か？」

「大丈夫よん！」

「大丈夫です」

「私も」

「オーケー、計画通りにいくぞ」

霧で見えなくても焦らない。声を掛け合って凌ぐ。

「決して侮っていたわけではないが、この濃霧は思った以上だな……」

霧が濃すぎてスマホの画面が見えない。睫毛《まつげ》に当たるほど近づけても意味がない。どうやっても見えるのは真っ白な霧だけだった。こりゃダメだ、とスマホを懐に戻す。

「まぁいい、進んでいるのは間違いないんだ」

船が動いているかどうかは感覚で分かる。

「暴風雨はいつ訪れるのかな？」と麻衣。

「サイトの情報だと濃霧からほどなくして始まるはずだが」

今のところは霧だけで、その他はこれといって問題ない。

「何も起きないならそれにこしたことはないか」

「だね！」

「だからって油断するなよ」

「もち!」

緊張感を保ち続ける。

だが、待てども待てども状況は変わらない。好転しないが、悪化もしない。

退屈さから眠気がこみ上げる一方、いきなり死ぬかもしれないという恐怖もある。それらが同居する感覚はとても奇妙で、経験したことのないものだった。

「風斗君、おかしくありませんか?」異変に気づいたのは美咲だ。

「おかしいって?」

「視界が霧に覆われてからおそらく30分は経っていますよ」

「――!」

指摘されて気づいた。

「たしかにそれはおかしいな」

「何がおかしいの?」と麻衣。

「船は約10ノットで航行している。速度に変化がないことは体感で分かるだろ?」

「うん」

「霧に突入する前も30分近く航行していたが、それは覚えているか?」

「覚えているよー! 正確には34分ね!」

「それなら何がおかしいか分かるんじゃないか?」

麻衣は「んー」と考え、それから言った。

「分からないや！　何がおかしいの？」

「もう本土に着いているはずなんだよ」

「あっ……！」

異常がなければ俺たちは本土に着いている。それも10分以上前に。

「針路がずれているのかな？」

「もしくは気づいていないだけで減速しているのか」

スマホを確認できない以上、船の正確な速度は不明だ。体感では一定でも、緩やかに減速している可能性があった。

「とりあえず様子を見よう。他にすることもないし」

流石にこの展開は想定していなかった。故にどうすればいいかも分からない。

「このまま死ぬまで霧の中だったりして」

麻衣がポツリと呟く。

美咲が「ひぃ」と声を震わせ、俺も恐怖に駆られた。

「痛ッ！　何で叩くのよ風斗！」

「俺じゃねぇよ」

「私が叩いた」

「え、由香里が叩いたの!?」

「不安を煽るような発言をしたから」

「じょ、冗談だってば！」

「冗談でもダメ」

麻衣は「はい……」としょんぼり。

由香里のおかげでいくらか気が紛れた——が、一時しのぎに過ぎない。

しばらくすると再び不安がこみ上げてきた。

「気を紛らわせるために雑談でもするか」

「じゃあ定番の恋バナからいきましょー！」

麻衣が手を叩いて盛り上げようとする。

その時だった。

「おい、霧が晴れていくぞ！」

視界が回復していく。麻衣や美咲、由香里の顔が見える。

数秒後、霧は完全に晴れた。

「悪天候を突破したんだ私たち！　これで帰れる！」

麻衣が「やったー！」と両手を上げる。

他のメンバーの顔にも笑みがこぼれた。

「風斗君、陸が見えますよ！」

美咲が声を弾ませて前方を指す。

広大な海原の向こうに砂浜が見えた。深々と広がる森も。

「……ん？　何だかおかしいな」

「どうかしたの？」

由香里が隣に立つ。

「あれって本当に日本の本土か？」

「どういうこと？」

麻衣と美咲も「え？」と俺を見る。

「なんだろう、既視感があるぞ」

嫌な予感がする。すぐさまスマホで現在地を確認した。〈地図〉ではなくゴーグルマップを開く。

現在地は、本土から10キロ以上も離れた駿河湾の辺りだった。

「もしかして……」

ゴーグルマップを閉じ、コクーンの〈地図〉を立ち上げる。

嫌な予感が的中した。

「あれは本土じゃない――俺たちのいた島だ！」

「マジで⁉　島に戻ってきたってこと⁉」

手振りも交えて最大限に驚く麻衣。

美咲と由香里は言葉を失っていた。

「間違いない。俺たちは戻っているんだよ、元々いた島に！」

船の状態を確かめると、いつの間にか針路が変わっていた。東から西に。

「ダメじゃん！　Ｕターンして日本に向かおうよ！」

「当然だ！」

食糧はもとより時間にも余裕がある。針路を再び東に設定した。

帆が自動で動き、船の向きが変わっていく。

「なんで戻ってきたのかは分からないが、同じ轍《てつ》は踏まないぞ」

定期的に船の針路を再設定することにした。それも数秒に一回の頻度で。勝手に変わっても上書きしてやればいい。

「風斗、霧だよ」

「問題ない、見えなくても針路の設定はできる！」

再びホワイトアウトする視界。それでも俺はスマホを操作し続けた。何十、何百、何千回と針路を修正する。ひたすら東に向かわせた。

その結果――。

「霧が晴れてきた！」

約30分で視界が復活し、前方に陸地が見える。

「嗚呼……」

だが、それはあの島だった。日本ではなく、超常的な力で転移させられた謎の島。

「クソッ！　もう一回だ！」

その後も俺たちは、時間の許す限り挑戦した。

しかし、結果は変わらなかった。霧が晴れるとあの島が見えてくる。

「……このままでは埒《らち》があかない、今日のところは島に戻ろう」

日が暮れたので諦めることにした。

どうやら先人とは帰還方法が異なるようだ。


——俺たちの脱出計画は、失敗した。

◇

船を異次元に収納して拠点に戻る。

全員の表情が曇っていた。ムードメーカーの麻衣ですら暗い。

絶望的な空気に支配されていた。

「晩ご飯、ご用意しますね」

拠点に着くと美咲が言った。

「私はそれまで寝る」

麻衣は今にも泣きそうな顔で拠点の奥に消えていく。

「私はどうすればいい？」と由香里。

「拠点を拡張して自分の部屋を作ってくれ。金庫のポイントを使ってくれてかまわない。部屋の場所は任せるよ。俺たちの部屋は、この通路の突き当たりから左右に分岐した先にある」

「分かった」

由香里はスマホを片手に拠点の奥へ向かう。

俺はダイニングに行き、椅子に座った。

美咲の後ろ姿を眺めた後、ため息をついてスマホを見る。

「気が重いけど……これも役目だしな」

グループチャットで脱出に失敗したことを報告する。

案の定、チャットは荒れて絶望に包まれた。

ひとしきり喚き終わると質問タイムが始まった。どう失敗したのか、海に魔物は出なかったのか、その他、聖徳太子もびっくりの質問攻めに遭う。

それらに対して、俺は嘘偽りなく返した。俺の回答が進めば進むほど、チャットの雰囲気が暗く重くなっていった。それでも最後まで答え続けた。

皆の絶望していく様を見ていると、今まで以上に気が滅入《めい》ってしまう。

一方で、嬉しいこともあった。

皆から賞賛と感謝の言葉をこれでもかと浴びせられたのだ。勇気を出して一番槍を務めたことに、誰もが敬意を表していた。真の英雄と評した者もいる。

また、俺たちの失敗を聞いても諦めない連中がいた。それも複数。検証班の中には脱出方法の検証に意欲を示す者もいた。彼らは船を買う余裕がないため、レンタル船での脱出を計画しているようだ。

「思ったよりも悪くない雰囲気だ。絶望の中にも希望はある」

とはいえ——。

「有効な手立てを見いだせなければ、後発の連中も同じ末路を辿るだろうな」

絶望に対して、希望はあまりにも小さい。

辛うじて保たれていた平穏が、じわじわ崩れ始めている。

そのことは誰の目にも明らかだった。

「やっぱり眠れないや」

麻衣がやってきた。後ろには由香里の姿も。

二人は俺の向かいに並んで座った。

「残念ながら計画は失敗に終わったけど、これからどうするよ？　リーダー」

麻衣はテーブルに肘を突き、手を組んで俺を見る。

「どうもこうもないさ。諦めずに脱出方法を探しつつ、今を生き抜く。それだけだ」

麻衣が「だよね」と笑う。

「あー徘徊者がいなけりゃこの島での生活も悪くないんだけどなぁ！　あの時間に起きるのってお肌に悪いんだよねー」

「私は帰りたい」と由香里。

「そりゃあ私だって帰りたいよ！　この島での生活も悪くないってだけ！」

「そう」

「……由香里って私のこと嫌ってる？　なんか私にだけ冷たくない？」

「そんなことない」

「本当にー？　じゃあ明日は私と漁に行こうよ」

「やだ」

「やっぱり嫌ってるじゃん！　私が何したっていうのさ⁉」

「嫌ってない」

「でも私と漁に行くのは？」

「やだ」

「じゃあ美咲となら？」

「いいよ、行きたい」

「風斗とは？」

「もちろん行きたい」

「でも私とは？」

「やだ」

「やっぱり嫌ってるじゃんかー！　なんだよぉ、もー！」

麻衣と由香里のやり取りに、俺と美咲はクスクス笑う。

「落ち込んでいても意味がないし、麻衣の明るさを見習わないとな」

美咲は「ですね」と答え、料理の完成を告げる。

由香里が「手伝います」と立ち上がり、美咲に代わって料理を運ぶ。

「美咲さん、配膳が終わりました」

「ありがとうございます」

「ちょっと由香里ー！　私のご飯だけないんですけど？」

「あっちにある」

「なんで私のだけ運んでくれないのよー！」

由香里は口角をやや上げるも、何も言わず席に着いた。

「無視かよ！」

「麻衣と由香里はいいコンビだな」

「どこがだよ！　私、どう見てもいじめられているんですけど!?」

「気のせいだろう」

「うん、気のせい」

「気のせいじゃなぁあああい！」

吠える麻衣を笑いつつ、目の前の豪華な料理に目を向ける。相変わらず美味しそう、というか美味しいに違いない。

脱出計画は失敗したが、立ち止まっているわけにはいかない。この後の徘徊者戦や明日以降の行動など、考えなくてはならないことがたくさんある。

だが、今は何も考えず、ただただご馳走《ちそう》に舌鼓《したつづみ》を打つのだった。

あとがき

はじめまして、絢乃《あやの》と申します。

過去に主婦と生活社様より出版した際、あとがきは「だ・である調」を採用していたのですが、本作では「です・ます調」で書くことにしました。そのほうが自分の性格に合った印象を与えられるかな、と思っています。


本作では、冒頭に謎の人物たちの会話が描かれています。どうやら主人公たちの集団転移に絡んでいるようですが、具体的なことは明らかになっていません。この始まり方は、絢乃の作品では初めてになります。

謎の無人島に集団転移する物語をいくつか書いてきましたが、どの作品でも「どうして集団転移したのか」「どうして主人公の通う高校が選ばれたのか」など、根本の謎については触れていません。物語の本筋――本作だとコクーンを駆使して過酷な島を快適に生き抜くこと――から逸れるのもあって避けていました。

ただ、本作は初期段階から長期連載を念頭に執筆しているので、そういった部分についても事前に考えました。第二章で登場する美咲が学校の外にいながら転移した理由なども、最終的には書きたいと考えています。

また、本作に登場する鳴動高校集団失踪事件は、『ガラパゴ』というタイトルで二〇二〇年に書籍化し、その後、漫画にもなりました。風斗らが参考にしているサイトを作った「先人」というのが、『ガラパゴ』の主人公とその仲間たちになります。風斗が「ぶっ壊れ」と表現する栽培の効率や前情報のない中で迎えた徘徊者戦がどういったものだったのか、興味がありましたら是非とも読んでやって下さい。単巻完結を念頭に書いた作品なので、一巻で綺麗にまとまっていてオススメです。

最後に、謝辞を述べさせていただきます。

イラストを担当してくださった天由先生、本作を刊行してくださった主婦と生活社様、『ガラパゴ』に引き続きお世話になっている担当編集の山口様、その他、ご支援いただきました全ての方に対し、心よりお礼申し上げます。ありがとうございました。

そして読者の皆様、ここまでお読みくださりありがとうございます。

今後とも『成り上がり英雄の無人島奇譚』をよろしくお願いいたします。

二〇二三年七月吉日　絢乃

PASH!文庫

さぁ、悪役令嬢のお仕事を始めましょう
元庶民の私が挑む頭脳戦

［著］緋色の雨　［イラスト］みすみ

すべてをハッピーエンドに導くための
傷だらけ悪役令嬢奮闘記

余命わずかな妹を持つ庶民の少女・澪。しかし、ある取り引きから澪の人生は一変する。

「わたくしの代わりに悪役令嬢になりなさい。そうしたら貴女の妹を助けてあげる」

財閥御用達の学園に入学し、良心と葛藤しながらも悪役令嬢を演じて破滅を目指す澪。

ところが、自分を断罪するはずのクラスメイト達には、なぜか澪の素性がバレているようで……!?

すべてはみんなの幸せのため。泥臭く走り回る澪に、破滅の日は訪れる……のか？

PASH!文庫

本嫌いの俺が、図書室の魔女に恋をした 1

［著］青季ふゆ　［イラスト］sune

正反対の二人が「本」を通じて
心の距離を縮めていく

高校デビューを果たし、自他共に認める陽キャとなった清水奏太。友人との会話のネタになるのはほとんどがスマホから。開けば面白くて刺激的で、ラクに楽しめるコンテンツが盛りだくさんだ。

逆にいえば、情報過多な昨今で、疲れるし時間もかかる、エンタメ摂取のコスパが圧倒的に悪い読書を好む人たちの気持ちが、奏太には一ミリも理解出来なかった。

高校一年の秋、彼女と出会うまでは——。

PASH!文庫

この本を読んでのご意見・ご感想・ファンレターをお待ちしております。
〒104-8357 東京都中央区京橋 3-5-7
(株)主婦と生活社 PASH! 文庫編集部
「絢乃先生」係

PASH!文庫

※本書は「小説家になろう」(https://syosetu.com)に掲載されていたものを、改稿のうえ書籍化したものです。
※この作品はフィクションであり、実在の人物・団体・法律・事件などとは一切関係ありません。

成り上がり英雄の無人島奇譚
～スキルアップと万能アプリで美少女たちと快適サバイバル～ 1

2023年7月17日 1刷発行

著　者　**絢乃**
イラスト　天由
編集人　山口純平
発行人　倉次辰男
発行所　株式会社主婦と生活社
〒104-8357 東京都中央区京橋 3-5-7
[TEL] 03-3563-5315(編集) 03-3563-5121(販売)
03-3563-5125(生産)
[ホームページ]https://www.shufu.co.jp
製版所　株式会社二葉企画
印刷所　大日本印刷株式会社
製本所　小泉製本株式会社
デザイン　Pic/kel
フォーマットデザイン　ナルティス(原口恵理)
編　集　山口純平、染谷響介

 Printed in JAPAN ISBN 978-4-391-16020-8